An Peter Glaser

Inhalt

Zwei kleine Mädchen

I.

Köln ist eine Brückenstadt. In der Grundschule lernten wir die Namen der einzelnen Brücken flussabwärts sortiert auswendig. Diese Namen und weiteres Wissenswertes standen in einem kleinen Büchlein mit dem Titel: »Geh mit durch Köln«. Auf dem Umschlag war ein rundlicher, lachender Herr mit schwarzem Anzug und Melone abgebildet, zwei kleine Mädchen in roten Pullundern sprangen fröhlich um ihn herum. Als die Lehrerin einen Ausflug in die Innenstadt mit Brückenbegehung ankündigte, bekam ich Angst. Ich meldete mich und sagte, dass ich nicht schwindelfrei sei und mich nicht traute, zu Fuß über die Brücke zu gehen. Das Gejohle über die feige Klassenkameradin war groß, vor allem die Jungs konnten sich nicht einkriegen. Am Tag des Ausflugs versammelten wir uns mit den Schülern der Parallelklasse auf dem Schulhof. Unser Direktor Herr Malchow, den wir sonst eher selten sahen, war auch da. Er begrüßte uns herzlich und sagte, er werde uns auf dem Ausflug begleiten. Dann fragte er nach der jungen Dame, die nicht schwindelfrei sei. Wieder meldete ich mich. Diesmal allerdings johlte niemand, denn Herr Malchow sagte, er werde mich an die Hand nehmen und so könne mir nichts passieren. Er tat es, er hielt meine Hand den ganzen weiten Weg vom Kölner Dom über die Hohenzollernbrücke bis zur anderen Rheinseite. Und mir ist wirklich nichts passiert.

II.

Meine Mutter arbeitete in einer Kanzlei im Deichmannhaus gleich gegenüber vom Kölner Dom. Verbunden mit der Auflage, schnurstracks zu ihr zu kommen, durfte ich zum ersten Mal in meinem Kinderleben allein mit der Straßenbahn in die Stadt fahren. Im Büro stellte sie mir ihren dicken Chef vor, dessen Worte sie auf einem Diktierblock zu kleinen Kringeln und Häkchen geformt hatte. Nach dem Kurzbesuch ging ich heimlich in der nahe gelegenen Altstadt spazieren. In einer leeren Gasse hielt mich ein Mann an und stellte mich vor eine seltsame Aufgabe: Ich solle mit meinen Fingern sein Handgelenk umschließen und dann auf und ab rubbeln. Verständnislos, aber gewissenhaft verrichtete ich meine Aufgabe, während er sich seinerseits berührte. Hin und wieder unterbrach ich die seltsame Tätigkeit, weil ich dachte, es müsse reichen. Dann forderte er mich jedes Mal auf, fortzufahren. Irgendwann war es gut, er ging, ich ging.

Jahrzehnte später offenbarte mir an einem sehr kalten Wintertag ein Exhibitionist im Volkspark Friedrichshain sein Geschlecht. Diese Entblößung hatte etwas Rührendes, weil sie mich an Zeiten erinnerte, in denen ich mich vor seinesgleichen auch schon nicht gefürchtet hatte.

Schnell politisch

Anfang der siebziger Jahre renovierten meine Eltern unser Reihenhaus. Die dunkelblaue Tapete mit den hellblauen Röschen wich grelloranger Raufaser, im Esszimmer wurden Holzleisten an der Decke angebracht. Einen Großteil der Arbeit verrichtete der Hausmeister aus dem St. Michael Hospital, wo mein Vater Direktor war. Wegen dieser Schwarzarbeit eines Untergebenen entließ man ihn später unehrenhaft aus den Diensten des katholischen Hauses, zudem hatte es Gerüchte über Vorfälle mit Schwesternschülerinnen gegeben. Meine Mutter leitete den Umbau, und mein Vater war stolz, vor allem auf die tannengrünen Kacheln im Badezimmer. Sie waren mit einem Rhombenmuster verziert, die Wanne, Ton in Ton abgestuft, in dunklerem Grün gehalten. Ich bekam gerade das erste bisschen Busen, und mein Bauch war viel zu dick, fand ich. Beides betrachtete ich ausgiebig in dem länglichen, mädchenhohen Spiegelschrank an der Stirnseite des Badezimmers und während meiner ausgedehnten Bäder in der neuen Badewanne.
Einmal hatten wir einen Mann zu Besuch. Das kam nicht oft vor, weil mein Vater schnell politisch wurde, was nie gut ausging. Ich badete in der dunkelgrünen Wanne, als er auf seiner Hausführung den Kopf zur Tür hereinsteckte und sagte: Ach so, besetzt. Bevor er die Tür schloss, hielt er inne und sagte laut vernehmlich zu seinem Bekannten: Ist ja nur ein Kind. Beide kamen dann herein und besahen sich das Bad. Ich kreuzte die Arme vor meinen neuen Brüsten, der Schaum war längst mürbe und der Besucher auch ein bisschen betreten.
Mein Vater fand nach seinem Rausschmiss keine Stelle mehr in Köln und ging nach Lüneburg. Hauptsache, weit weg.

Hausarbeit

Als meine Tochter noch ganz klein war, suchte ich eine Putz-frau. Jemand empfahl eine polnische Bekannte. Sie war eigentlich etwas Besseres, aber ihr geschiedener Mann hielt sie kurz. Dabei hatte sie ihn über eine Kontaktanzeige in der »Zeit« kennenge-lernt, wo gut situierte Akademiker eine zukünftige Heirat nicht ausschließen. Sie putzte nicht gut, ständig ging irgendetwas ka-putt. Das hätte ich genauso gut so schlecht gemacht. Manchmal schenkte ich ihr Kleidungsstücke. Sie interessierte sich allerdings für andere Dinge. Ich hätte doch zwei Bügelbretter, sie brauche gerade recht dringend eines. Zu ihrer Überraschung gab ich ihr ohne weiteres das moderne, stabile Exemplar mit dem farbenfro-hen Überzug. Das Brett mit zerschlissenem Silberstoff und wack-ligem Unterbau behielt ich für mich. Ich habe es immer behalten. Es lag unter meinem Bett, obwohl man ja eigentlich nichts unter sein Bett legen solle, damit die Energie frei strömen könne, heißt es doch. Es lag dort, unter dem Bett, weil ich es nie benutzte, mein Lebtag nie benutzt hatte; ich konnte gar nicht bügeln. Mein Vater hatte dieses Bügelbrett meiner Mutter geschenkt, anläss-lich meiner Geburt. Damals war das wohl so. Ein Unglück kam selten allein. Wer Kinder hatte, brauchte für die Freiheit nicht zu sorgen. Die endete am Bügelbrett, zum Beispiel. Wenige Monate nach meiner Geburt hatte meine Mutter einen Zusammenbruch. Sie musste dann sechs Monate zur Kur, ohne ihre beiden Töchter, ohne Hausarbeit und, am wichtigsten wohl, ohne ihren Mann.

Menschliche Nähe

Ich hatte meinen Vater für den zweiten Weihnachtstag zu mir nach Hause geladen. Meine Eltern waren bereits seit langem geschieden. Er hatte sich von mir Rouladen zum Festmahl gewünscht. Die bereitete ich zu, als er mit dem obligatorischen Buchgeschenk eintraf. Meine fünfzehnjährige Tochter empfing ihn im Wohnzimmer. Sie plauderte artig und hörte ihm enkelinnengeduldig zu, bis er zu mir in die Küche herüberrief, ich solle bloß kein Knoblauch benutzen, er möge das ganz und gar nicht. Denn, so fügte er hinzu, an meine Tochter gewandt, aber bis zur Küche vernehmbar, Knoblauch erinnere ihn immer so an die Juden. Er führte das vor ihr aus, bevor er in die Küche wechselte und sich neben mich an den Herd stellte. Von einem seiner speziellen Buchhändler erzählte er mir, bei dem sei er auf der Suche nach meinem Geschenk auch in eigener Sache fündig geworden, mit einer Sammlung persönlicher Briefe von Adolf Hitler. Ich wendete die fertig geschmorten Rouladen. Ich muss sagen – mein Vater setzte an diese Stelle eine emotionale Pause –, menschlich war mir der Führer noch nie so nah. Vielleicht sagte ich was, vielleicht auch nicht. Ich hielt die Begegnungen sehr kurz und sehr selten. Die Rouladen haben ihm gut geschmeckt: Ich wusste gar nicht, dass du so gut kochen kannst, Sonnenschein. Nachdem er fort war, ging ich mit meiner Tochter, die das auch alles lange schon kannte, zum Gottesdienst in den Kölner Dom. Auf dem Weg begann sie zu weinen, bitterlich, wie das sein könne, wie er so sein könne. Für einen Moment spürte ich allen Zorn der Welt, alle Hilflosigkeit dazu. Du musst es so sehen, scherzte ich in ihre Tränen, menschlich war ihm der Führer noch nie so nah. Wir grinsten es uns dann irgendwie zurecht.

Gästezimmer

In unserem Reihenhaus wohnte Frau Bauer zur Untermiete. Sie arbeitete bei Tchibo, hielt Wellensittiche und wohnte oben. Später musste sie ausziehen, denn oben wurde ausgebaut. Mein neues Jugendzimmer war grün furniert, das elterliche Schlafzimmer hingegen reinweiß möbliert. Länger schon hatte sich meine Mutter von dort in das schmale Bett im Gästezimmer zurückgezogen, als ein nächtlicher Streit hörbar wurde. Laute Worte über Sex oder keinen Sex und auch Schläge fielen in meinen Halbschlaf. Rasch schlief ich wieder ganz ein, zu fremd die Probleme, zu weit weg die Vorkommnisse in dem kleinen Zimmer nebenan. Anderntags schrieb ich eine Klassenarbeit, nach einem allseits betretenen Frühstück am Morgen. Tage später stellte sich heraus, meine Note war sehr schlecht. Ich wusste den Grund, oder wenigstens wusste ich, welchen Grund ich für mein schulisches Versagen angeben könnte. Es sei doch der Morgen nach dem schlimmen Streit gewesen, sagte ich meiner Mutter. Bevor ich zehn Jahre alt war, hatte ich gelernt, mich der Tragödien anderer zu bedienen. Siehst du, konnte meine Mutter meinem Vater abends sagen. Aber was hätte er sehen sollen, außer der Raffinesse seiner im Grunde sehr kleinen Tochter, sich im Schatten seiner Schuld gut zu verbergen wusste.

Ein Fahrradbote

Mit fünfzehn wollte ich fort aus der Vorstadt und bewarb mich für ein Auslandsstipendium. Die Noten waren nicht toll, der Wille hingegen unbändig. Viele flogen bereits in der Vorauswahl raus, auch ein Typ mit langen Haaren und riesiger Nase. Ich kam durch und landete für ein Jahr in Virginia. Danach wollte ich meine Zeit nicht mehr im Reihenhaus, sondern im Kino verbringen. Bei einer Vorführung von dem »Großen Diktator« traf ich den Typ wieder. Er sah genauso aus wie damals in der ersten Bewerbungsrunde. Ich nicht. Er dichtete und malte, sprayte Graffiti und spielte Schlagzeug. Er konnte auch jonglieren, Einrad fahren und Feuer spucken. Schön war er nicht, aber vielseitig und kauzig. Wir legten uns auf das Bett seines Jugendzimmers und rubbelten einander im Schritt, die Reißverschlüsse der Hosen fest geschlossen, bis es erste Flecken gab. Nach einem halben Jahr schliefen wir miteinander. Ich verließ ihn, meinen ersten Mann, der sich die blutigen Laken in der Schublade unter seinem Bett aufbewahrt hatte, kurz darauf Knall auf Fall. Es war jemand dazwischengekommen. Ich war siebzehn und übte noch. Der Kauz wollte mich nie mehr wiedersehen. Dabei blieb es, bis es sehr viele Jahre später an der Tür meines Büros klingelte und ich am Empfang eine Stimme hörte, die mir bekannt vorkam. Ich ging vor und sah einen Fahrradboten mit langem Haar. Oh, sagte ich, hallo. Was ich denn dort machte, wollte er wissen. Er trug ein Radleroutfit aus neongelbem Stretch, ein Funkgerät plärrte an seinem Gürtel. Ich sagte, ich arbeite in diesem Büro. Ich sagte nicht, dass es meines ist, dass ich eine Firma hatte und ein wahnsinnig wildes Leben dazu, seit damals, seit seiner Zeit. Ich sagte auch nicht, wir sollten uns vielleicht mal wiedersehen. Ich sagte: Na dann, alles Gute, und kehrte zurück an meinen Schreibtisch.

Einer für alle

In Williamsburg, Virginia, verbrachte ich ein Jahr als Austausch-schülerin. Ich nahm acht Kilo zu, lernte, nichts zu lernen, und blieb Jungfrau. Nach einigen Monaten besuchte mich ein ungarischer Maler. Wir waren uns in Köln begegnet. Meine Schwester hatte einen komischen Freund mit einem roten Bart, der sich die Jeans stets in seine gelben Gummistiefel stopfte. Er hieß Hugo. Der Maler wohnte bei Hugos Familie zur Untermiete, war alt, weit über vierzig, und stand auf mich. Mit fünfzehn begriff ich so etwas allerdings überhaupt nicht. Genauso wenig begriff ich, was er mir an dem heißen Sommertag in der Küche meiner Williamsburger Gastfamilie sagen wollte. Sehr genau hingegen erinnerte ich mich daran, wie sein Vollbart gekratzt hatte, bei dem Versuch, mich in seinem Kölner Atelier zu küssen, wie er über meine Brüste gefahren war und anerkennend festgestellt hatte, dass ich keinen BH trug. Das stimmte aber gar nicht. Ich trug einen, der hieß »Einer für alle« und war sehr elastisch, wie der Name ja bereits sagte. Und sehr leicht. So leicht, dass er für seine dicken Finger unter der Wolle des Pullovers nicht zu spüren war. Den Pullover hatte mir meine Schwester gestrickt, er leuchtete in hellem Blau und war mein ganzer Stolz. In Williamsburg sprach der Maler von seiner Liebe zu mir, deretwegen er den langen Weg zurückgelegt hätte. Auf dieses Geständnis gab es von mir keine Antwort, ohnehin hatte ich ihm wenig zu sagen, dem alten Mann. Als ich ihn an seinem vor dem Haus meiner Gastfamilie geparkten Auto verabschiedete, betreten, erleichtert, drehte er sich noch einmal um. Der uralte Mann blickte mir streng ins Gesicht: Du wirst niemals einen Mann lieben. Niemals. Du kannst nicht lieben, verkündete er. Ich ließ ihn reden. Ob er mich verflucht oder erkannt hatte, war allein seine Sache, damals in Virginia.

Ghettoschreck

Kurz bevor ich das elterliche Reihenhaus für eine besetzte Wohnung verließ, sah ich einen Personalausweis auf dem Bürgersteig
liegen. Er gehörte einem gewissen Markus Getschoreck, der sich
allerdings lieber Ghettoschreck nannte und auf meine Schule ging.
Ich brachte ihm den Pass, er wohnte ja nur eine Straße weiter. Er
reagierte euphorisch auf den Fund und die Finderin. Wir wurden
sofort ein Paar, dabei war ich eigentlich noch mit meinem ersten
Freund zusammen. Markus hielt zwei Würgeschlangen in seinem
Jugendzimmer. Er hatte sie im Kölner Zoo während eines WM-
Endspiels geklaut, damit, wie er sagte, die Alte sich nicht traut
hereinzukommen. Er erzählte mir von Joseph Beuys, hörte Dire
Straits und drückte Heroin. Ich sah ihm zu, wenn er sich den Arm
abband und die Spritzen setzte oder fläschchenweise Hustensaft
als Ersatzdroge kippte. Später zog er in ein Abrisshaus und besorgte sich einen Schäferhundwelpen, den er Junkie nannte. Als
es mit uns nicht mehr so gut lief, zog er eines Abends eine Pistole und schoss auf mich. Die Kugel verfehlte mich knapp. Er
erschoss dann statt meiner den Welpen und verfolgte mich ins
Reihenhaus, wo er meine Mutter mit einem Messer bedrohte: Ich
schlitz dich auf, du alte Sau. Das tat er dann doch nicht, sondern
bewarf das elterliche Auto mit Ziegelsteinen. Meine Mutter rief
die Polizei. Das nun fand ich unangemessen und lief zurück zu
ihm ins Abrisshaus. Markus versuchte später noch ein paarmal,
mich umzubringen, warum genau, weiß ich nicht mehr; vielleicht brauchte er auch keinen Grund, solange er eine Waffe hatte. Nach einer Weile ließ er mich in Ruhe und widmete sich ganz
seiner Selbstzerstörung. Mein erster Freund war ein guter Junge.
Er liebte mich. Das tat Ghettoschreck auf seine Weise sicher auch.
Ich ging durch beide hindurch, wie durch die weiteren guten
und bösen Jungs auch, denen sie als Vorlage dienen sollten.

Der Knüppel

Ich fuhr so gut wie immer schwarz. Manchmal kaufte ich mir eine Fahrkarte und fragte mich, warum ich das eigentlich nicht immer tat. In der Münchner S-Bahn sah ich auf der Fahrt vom Flughafen in die Stadt wiederholt eine Werbetafel, auf der ein Mann mit einem rot ausgemalten Eselskopf abgebildet war. Darunter stand: »Schwarzfahren, ich Esel! Das schöne Geld und wie peinlich vor all den Leuten.« Ich fand Geld nie schön, und peinlich waren mir ohnehin wenige Dinge.

Einmal hatte ich aus Versehen eine Fahrkarte gekauft, als ich nach einem Besuch bei meiner Mutter zurück in die Innenstadt fuhr. Und tatsächlich wurde ich kontrolliert, reibungslos. Natürlich bemerkte ich die Eile, mit der ein Mann zur Tür ging, die Eile, mit der er den Halteknopf drückte, und natürlich besann ich mich der zehn Regeln für Schwarzfahrer, die wir in unserer Schülerzeitung »Der Knüppel« veröffentlicht hatten. Eine der zehn Regeln lautete: Wer im Besitz einer gültigen Fahrkarte ist, sollte diese unbedingt zur weiteren Nutzung an Dritte weitergeben. Und so ging ich zur Tür, betrachtete die Rückansicht des schwarzfahrenden Mannes, die rote, eng taillierte Kunstlederjacke, die knappen Jeans über spitz zulaufenden Stiefeln. Ich raunte in sein Ohr: Achtung, Fahrkarte, bevor ich sie ihm mit zwei Fingern langsam in die rechte, sich über seinen Po spannende Hosentasche schob. Sie war noch nicht ganz hineingeglitten, da war er bereits herumgewirbelt und hatte mir einen Schlag ins Gesicht verpasst. Oh, sagte ich betreten, ich wollte doch nur … In diesem Moment hatten uns die Kontrolleure erreicht, das hieß, ihn hatten sie erreicht, ich war ja bereits geprüft. Fahrkarte, wiederholte ich leise, bevor ich ausstieg. Als ich mich vom Bahnsteig aus noch einmal umdrehte, sah ich, wie er ihnen meine Fahrkarte reichte und mir nachsah. Das hatte ganz schön wehgetan, aber so war das. Einem Türken mit großer Zickzacknarbe auf der Wange greift man nicht ungestraft an die Hose, auch nicht in bester Absicht.

Mein Heimweg führte mich noch eine Weile den Schienenverlauf der Straßenbahn entlang. Ich ging langsam, mit gesenktem Kopf. Als ich aufblickte, sah ich aus der Ferne der nächsten Haltestelle die rote Lederjacke auf mich zukommen. Der Fremde rannte mir entgegen, bis er atemlos vor mir stand. Wir schauten uns an. Er sah gefährlich aus, aber er war gekommen, um mir zu danken. Er hatte mich gesucht und gefunden, und nun gab er mir seine Nummer. Falls ich mal Hilfe brauchte. Welche Hilfe, war klar: jede. – Sanftheit, die auf Gewalt folgt, sollte mir nicht so gut gefallen, wie sie es tat. Leider habe ich den Zettel rasch verloren. Wie dumm von mir.

Tränenüberströmt

In der Grundschule hatte ich einen seltsamen Mitschüler. Dirk hatte einen Sprachfehler, bewegte sich unbeholfen und war unverhältnismäßig groß. Er habe eine Nachricht von einer Freundin für mich, rief er mir zu und winkte mit einem Zettel, als ich auf dem Nachhauseweg eine kleine Parkanlage durchquerte. Statt ihn mir zu geben, stieß er mich ins anliegende Gebüsch. Dort ritzte er mir mit kleinen Hölzern Striemen in die Haut und trieb mich anschließend durch den Regen auf den ebenfalls sehr kleinen Friedhof an der Endhaltestelle der Straßenbahn. Dort musste ich Wasser aus den Blumenvasen vor den Grabsteinen trinken. Ich hätte sicher weglaufen können, aber ich wagte es nicht. Am Ende ließ er mich nach Hause gehen, weil er mit mir fertig war. Meiner Mutter schüttete ich gleich das Herz aus, goss, völlig aufgelöst, Rotz und Wasser über sie und die Ereignisse des Nachmittages. Sie hörte zu und fragte und nickte, bis sie nach längerer Bedenkzeit zum Telefonhörer griff und die Klassenlehrerin anrief: Meine Tochter kam soeben tränenüberströmt nach Hause, begann sie ihren sorgfältig gestalteten Bericht und fasste das Geschehen in sauberer Chronologie zusammen. Sie hatte eine Form für mein Entsetzen gefunden. Erlebnisberichte zu verfassen, lernten auch wir ein paar Jahre später bei unserer Klassenlehrerin im Deutschunterricht. Bisweilen erzählte sie uns auch persönliche Dinge. Von ihrem Mann zum Beispiel, der so schwer an seiner Aktentasche getragen habe, dass seine Schultern aus der Form geraten und schief geworden seien. Er war später oft im Fernsehen zu sehen, wo er Zahlen verkündete, weil er ein Institut für Meinungsforschung betrieb. Oftmals erwiesen sich seine Prognosen trotz ausgeklügelter Befragungsmethoden als fehlerhaft. Dirk hatte auch einen Fehler gemacht, damals mit mir. Dafür war er der Schule verwiesen worden. Zuvor musste er sich bei mir entschuldigen. Er sah mich dabei schief an. Nichts tat ihm leid. Auch seine Worte waren reine Formsache.

Eingemacht

Im siebten Schuljahr kamen ein paar Neue in unsere Klasse. Unter ihnen Annette Beck, klein und drahtig im quietschgelben Angorapulli. Wir wurden sofort Freundinnen. Sie hatte drei Geschwister, und im Haus der Familie am Gustorfer Weg gab es einen Partykeller. Dort lümmelten wir uns auf dem Flokati. Wir beteten, hörten Smetana und Genesis und spielten Kitzelspiele. Im Nebenraum standen die Regale mit dem Eingemachten. Ab und zu holten wir uns ein Glas Sauerkirschen, lösten die rote Gummierung des Deckels und griffen mit bloßen Fingern hinein. Ich war jeden Tag bei Becks, und jeden Abend band sich Frau Beck ihre Küchenschürze um, deckte für uns alle den Tisch zum Abendbrot und brühte Hagebuttentee. Sie kochte, wusch und buk. Und machte ein, was der große Garten hergab. Als ihr im Alter das Augenlicht schwand, erlaubte sich Frau Beck ein wenig Traurigkeit über den ausbleibenden Besuch des neuen Pfarrers. Er hätte sich ja nunmehr zu ihr aufmachen müssen, die sie nach all den Jahren, Jahrzehnten den Weg zur Kirche nicht mehr alleine fand. An ihrem achtzigsten Geburtstag schenkte ich ihr wie zum Trost einen CD-Player und CDs von Heinz Erhardt, die zu Dutzenden in meiner Firma herumlagen, seit wir »Tanz den Heinz«-Kultpartys ausgerichtet hatten. Den Heinz Erhardt, hatte Frau Beck mir erzählt, habe sie immer so gerne mit ihrem verstorbenen Mann gehört, damals, als die Kinder noch ganz klein waren. Ihr verstorbener Mann habe viele der Gedichte auswendig gekonnt, sie hingegen kein einziges. Eine Lustige, so schloss sie, sei sie nie gewesen. Nachdem Frau Beck einen sanften Tod gestorben war, bahrte Annette sie im Wohnzimmer des Hauses am Gustorfer Weg auf. Ich lief durch das von Schimmel befallene Gebäude, das mir so viel kleiner erschien, und nahm ein Glas Kirschen aus dem Keller. Die stellte ich in das Regal in meinem Büro, eingemacht. Dort fielen sie Johanna ins Auge, als sie kam, um mich zum Shoppen abzuholen. Die sind doch von meiner Oma, sagte sie, nicht ohne Vorwurf. Johanna, Annettes Tochter, Frau Becks Enkelin und mein Patenkind war vaterlose vierzehn und mochte keine hässlichen Frauen, wie sie auf dem Weg zu den Geschäften mehrmals betonte. Ich kaufte ihr eine Wii-Konsole, die hatte sie sich von mir gewünscht. Für einen Wii-Kultevent hatte meine Firma auch mal ein Konzept erstellt. War aber nichts draus geworden.

In meinem Alter

Das Jackett war sorgfältig über die Rückenlehne des ICE-Sitzes gehängt worden, als müsse der gewärmt werden. Es war aus grün meliertem Leinen und hatte fein säuberlich auf Oberarmlänge gekürzte Ärmel. Ich wusste gleich, was Sache war, noch bevor ich die knapp unterhalb der Schultern nach innen gewachsenen Hände sah. Ein Contergankind saß vor mir in der ersten Klasse und telefonierte mit angenehmer Stimme. Ich weiß, man muss sie anders nennen; sie waren ja keine Kinder mehr, sondern mein Jahrgang, also Einundsechziger oder bestenfalls noch Sechziger oder Neunundfünfziger. In meiner Grundschulklasse hatten wir zwei Contergankinder, auf dem Gymnasium kamen weitere hinzu. Meine Mutter hatte auch Contergan genommen, aber das war vor der Schwangerschaft. Bevor sie auf meinen Vater traf, war sie mit einem Mann zusammen, der bei einem Unfall einen Arm verloren hatte. Mein Vater war kriegsbedingt unterschenkel-amputiert. Früher trug er schwer an seiner Holzprothese, die er mit Leinengurten am Oberschenkel festschnallte. Später wurde das Ersatzbein aus Silikon gefertigt, das sich mit schmatzendem Laut an seinem Stumpf festsaugte. Einmal war er nachts gestürzt und hatte sich verletzt, weil er sich das zweite Bein dazugeträumt hatte und auf beiden Beinen loslaufen wollte. Alle zwei Jahre fuhr er nach Baden-Baden zur vom Verband der Kriegsbeschädigten finanzierten Kur. Das tat er so lange, bis er in der Klinik der letzte Amputierte aus Kriegszeiten war. Bei meinen frühen Besuchen schwammen hingegen noch Dutzende arm- und beinlose Männer im klinikeigenen Pool, die passenden Prothesen lagen währenddessen friedlich nebeneinandergereiht am Beckenrand. Frau Hilger hatte es auch einmal mit Prothesen versucht, aber da ihr beide Unterschenkel fehlten, fuhr sie mit einem Rollstuhl besser. Mit dreizehn Jahren übernahm ich auf Vermittlung meiner Gemeinde ihre Betreuung. Sie war nach dem Krieg beim Kohlenklau unter einen Zug geraten. Ihr Rollstuhl war ein einfaches Modell, das mit seinen kurzen Griffen und der wackligen Konstruktion schwer zu schieben war; Frau Hilger war stark übergewichtig. Später zahlte das Sozialamt einen elektrischen Rollstuhl. Ich konnte neben ihr her laufen, wenn wir ins Chorweiler City Center einkaufen gingen. Sie war nicht nett zu mir, dankbar schon gar nicht, obwohl ich jahrelang, immer dienstags und donnerstags, nach der Schule zu ihr kam. Zu Weihnachten und an ihrem Geburtstag schenkte sie mir ein Glas Eierlikör ein, ansonsten kümmerte sie sich nur um ihre geliebten Nymphensittiche. Sie schimpfte mich ständig ungeschickt und erzählte ewig die Geschichte von der weißen Wäscheleine, die ich ihr statt der blauen gekauft hatte, dabei, sie lachte dann immer, bis ihr die Tränen übers runde Gesicht liefen, dabei hätte sie doch ausdrücklich gesagt, es solle eine blaue sein. Es störte mich nicht weiter, dass sie recht gemein zu mir war, sie hatte ihre Gründe. Der Mann im Zug hingegen klang sehr nett, er erzählte begeistert von einem Museumsbesuch. Beim Aussteigen sah ich ihm ins Gesicht. Ein wenig erschöpft sah er aus, trotz der Lachfältchen um die Augen. So alt also bist du, dachte ich. Genauso alt.

Matratzen

Mit Urlaub hatten wir es nicht so. Es gab nur eine Handvoll Reisen mit der Familie, immer ohne meinen Vater, meist in den Süden, Mallorca, Costa Brava, so etwas. Der letzte dieser halbherzigen Versuche endete in Cala Ratjada, tagsüber am Pool, abends bei Sangria in der Hoteldisco. Meine Mutter tanzte mit Männern Discofox, ich trank Cola und war dreizehn. Dann spielte der Discjockey »Sex Machine«, und ein großer Junge forderte mich zum Tanzen auf. Klaus gestikulierte mehr, als dass er tanzte, und das Beste, das ich gab, war auch eher eckig. Dennoch kündigte er an, mich in Köln besuchen zu wollen. Er hatte einen Führerschein und ein Auto und kam aus Haltern in Westfalen, wo immer das war. Ich mochte mich noch nicht wirklich mit Männern befassen, ich betete lieber mit meiner Freundin Annette im Keller neben dem Raum mit Eingemachtem. Mit dreizehn kann man nicht nein sagen, später ja meistens auch nicht, also ließ ich ihn kommen. Nicht ohne Annette. Sie kauerte sich in den Kleiderschrank meines grün furnierten Jugendzimmers und hörte zu. Das Zimmer war sehr klein, meine grün-rot karierte Matratze ging ohne Betttuch als Sofa durch. Klaus und ich nahmen auf ihr Platz, tranken Kakao und aßen Kekse, von denen Annette auch einige im Schrank hatte.

Fünf Jahre später brachte Annette Jerry mit in unser New Yorker Einzimmerapartment. Er war groß und schwarz und auch kein guter Tänzer. Sie hatte ihn sich ausgesucht für das erste Mal, aber es gab nur eine Matratze, und auf der lag ja bereits ich. Sie war ohnehin nicht sehr breit, wir hatten sie auf der Straße gefunden und mitgenommen. Die beiden nahmen dann mit der Badewanne vorlieb, und ich hörte ihrem Treiben zu, bis ich einschlief.

Deutschstämmig

Ich war mit eintausend Dollar nach New York geflogen. Die reichten nicht lange, gestohlen der eine, rasch ausgegeben der andere Teil. Ein Job musste her, ich lief die Avenues entlang und fragte hier und dort, ob man jemanden brauche. Einer auf der First Avenue, ziemlich weit oben in der Nähe von Germantown, brauchte mich. Oder er wollte mich, was oft das Gleiche ist. Zelko war ein hochgewachsener Serbe und betrieb das Café Gallery, ein hufeisenförmig angelegtes Café, an dessen Wänden Photos von Nurejew und Margot Fonteyn hingen. In zwei Räumen wurden Eisdesserts und Bahlsen-Kekse mitsamt aufgeschäumten Heißgetränken serviert. Mal war Kaffee, oft Kahlua oder Amaretto in der heißen Milch. Zelko war ehemaliger Tänzer, Epileptiker und Nazi. Deswegen brauchte und wollte er mich. Weil ich deutsch war und auch so aussah. Er spielte den lieben langen Abend Wagner. Zwischen die Opernmusik hatte er, knapp entlang der Wahrnehmungsschwelle, Sprachfetzen aus Goebbels- und Hitler-Reden montiert. Man konnte sich nie sicher sein, was genau man gehört hatte, ob man überhaupt etwas gehört hatte. Die Gäste waren kultiviert, und wir, die meist deutschstämmigen Kellnerinnen, betrogen ihn, so gut es ging. Nachts mussten wir hin und wieder Wache schieben, weil es Drohungen der Jewish Defense League gab, den Laden in die Luft zu sprengen. Eine Weile hatte Zelko eine hübsche jüdische Geliebte, die Pelze trug. Eines Abends kam sie aufgebracht ins Café, sie hatte Dinge gehört, begann zu suchen und fand schließlich ein Hakenkreuz in das Holz der Theke geritzt, auf der die Schäummaschine stand. Sie verließ ihn an dieser Stelle, aber wir, das Personal, blieben. Einmal hatte unser Chef einen epileptischen Anfall zu Wagner-Klängen. Meine Kollegin Gretchen steckte ihm eine Bahlsen-Keks-Verpackung in den Mund, damit er sich nicht auf die Zunge biss, und wir warteten, bis es vorbei war. Er hatte auch eine richtige Frau, eine Ehefrau. Sie kannte sich aus mit Gastronomie und mochte mich unter anderem deswegen nicht, weil ich so unbeholfen kellnerte. Sie legte ihrem Mann nahe, mich zu entlassen. Also war es für mich nach ein paar Monaten vorbei mit Zelko und dem Café Gallery. Ich musste mir etwas Neues suchen.

Die Sache mit Melba

Ich heiße gar nicht Melba. Es sollte einmal ein Super-8-Film gedreht werden, in dem ein Hollywood-Star mit Namen Melba Crown von Paparazzi durch Köln gejagt wird. Melba Crown, die wäre ich gewesen. Den Film hat es nie gegeben, aber Melba gefiel mir. Als ich, Monate später, in New York kein Geld mehr hatte, überredete mich meine Freundin Annette zum Tanzen. Sie hatte versehentlich eine Doppelbuchung gemacht und wollte keinem der beiden Clubs absagen. Weil sie unsere letzten Rechnungen allein mit ihrem Gogo-Geld bezahlt hatte, konnte ich nicht nein sagen. Du bist Annette?, fragte der Manager in der Baby Doll Lounge. Manager, nun ja, also der Mann, der vor Ort die Mädchen einteilte. Ich nickte. Ich hatte mir ein kunstseidenes pfirsichfarbenes Hängerchen gekauft, das schien mir passend fürs Baby Doll. Du brauchst einen Künstlernamen, sagte er, alle Mädchen haben Künstlernamen. Annette wäre ja für mich einer gewesen, aber das wusste er nicht, also besann ich mich auf Melba. Es wurde ein schöner Abend. Ich tanzte weiter, dort und anderswo, und blieb Melba, in den Clubs und überhaupt. Zurück in Deutschland, ging Melba verloren, bis ich begann, Texte zu veröffentlichen. Mein Name schien mir wenig prägnant für eine Autorin. Ich mogelte Melba und einen Bindestrich zwischen die elterliche Vorgabe. Fortan ließ ich mir rund um den Namen viel einfallen. Ich wurde ja oft gefragt und gerne auf Pfirsich angesprochen. Meist schob ich die Wahl auf meine Mutter. Manchmal aber bot ich an: Wollen Sie die Wahrheit wissen? Dann erzählte ich sie trotzdem nicht, sondern eine der vielen möglichen Geschichten. Neulich in Berlin rief jemand auf der Straße meinen Namen: Heike, rief er, ein schrecklicher Mann. Eine noch schrecklichere Frau reagierte prompt. Es war wohl seine eigene. Gut, dass es Melba gibt.

Mr. Wright

John kam in einen Club, in dem nur getrunken wurde, und gefiel mir sofort. Ich lud ihn ein, in einen Club zu kommen, in dem ich mich auszog, und das gefiel ihm. Nach meinem letzten Auftritt fuhren wir in den Battery Park und schliefen miteinander mit Blick auf die Freiheitsstatue. Aufregend fand das auch ein Voyeur, der plötzlich vor uns stand, ein gezücktes Messer in der Hand. John hob ohne Hast seine Pistole vom Boden auf, verbarg sie unter dem Ärmel seiner Jacke und zielte auf den mit einem Mal sehr verängstigten Schwarzen. In Wirklichkeit war John Schauspieler und hatte gar keine Waffe, sondern einen Zweig im Ärmel. Seine Nummer schrieb er mir am Ende der Nacht auf den weißen Streifen eines Polaroids. Auf dem Photo war sein Schäferhund Hooter abgebildet, zusammengerollt lag er schlafend auf einem Sessel in Johns Dachwohnung in Soho. Die Nummer vergaß ich nie.

Als ich zwanzig Jahre später nach New York zurückkehrte, konnte ich sie immer noch auswendig, diese Nummer, nur deshalb und in der stillen Hoffnung, sie sei längst abgemeldet, wählte ich sie gegen Ende meines Aufenthaltes. Es war unverkennbar Johns Stimme auf dem Anrufbeantworter, abweisend, rau – sehr anziehend. Meine kurze Nachricht erreichte ihn per Rufumleitung in upstate New York. Er lebte dort seit langem mit Frau und Zwillingen, Produkte künstlicher Befruchtung, was sonst. Seit der aufwendigen Zeugung hatte es keinen Sex mehr gegeben zwischen ihm und jener Frau, von der er nicht allzu euphorisch erzählte bei unserem Wiedersehen, das seinerseits auch nicht besonders euphorisch ausfiel. Er trug das lange weiße Haar im Nacken zu einem Knoten gebunden und berichtete von wenig appetitlichen Krankheiten, denen er seit unserer Zeit ausgesetzt war. Einen Hund hatte er auch wieder dabei, mit ihm spazierten wir nach dem Barbesuch durch Tribeca. Wir gingen langsam; es gab ein Problem mit seinen Zehen, die Haut war ihm da mal weggefault. Auch in seine alte, kaum mehr genutzte Dachwohnung stiegen wir, wie um alles endgültig kaputt zu machen. So kaputt wie jene Wohnung im wahrscheinlich letzten unsanierten Gebäude von Soho, zu der morsche Stufen hinaufführten. Ich habe von dort heimlich ein Photo mitgenommen. Es war sein altes Agenturphoto, er war ja mal Schauspieler und hieß mit Nachnamen Wright. Ich ließ es rahmen und hängte es an die Wand meiner Berliner Wohnung. Eine träge Gier liegt in dem Blick des Mannes auf dem Photo, und so mancher Besucher fragte, wer er denn sei, dieser Mann, er habe etwas Besonderes.

Originalverpackt

Es geschah an einer Ampel, nachts in New York, nahe dem Central Park. Ein Mann, ein Blick, ein Nebeneinander-, dann ein Miteinandergehen. Ja, ein Blick kann genügen für ein Miteinander. So scheint es wenigstens, wenn sich eine Option zur Zwangsläufigkeit verdichtet. Oder ist es bloß hilflos, fahrlässig gar, wenn man einfach so mitgeht, weil es ohnehin egal ist, wo man hingeht, in einer Sommernacht, nach der Arbeit im Café Gallery? Mitgeht in eine Wohnung, in ein Bett, wo passiert, was dann passiert, und sich gleich dem Vergessen übereignet. Er schlief ein, ich blieb wach. Er hatte so viele Haare am Leib, der Fremde von der Ampel, ausgefallen kräuselten sie sich auf der Bettwäsche, etliche dieser Haare, und sie waren abstoßend. Oder war es die Geschwindigkeit, die ekeln machte, die Geschwindigkeit, mit der man miteinander schläft, weil einem nichts Besseres einfällt – weitergehen zum Beispiel. Hellwach lag ich im Bett seiner Upper-East-Side-Wohnung. Zu schnell, zu billig war er davongekommen. Zentimeter für Zentimeter entfernte ich mich von dem fremden, behaarten Körper neben mir. Er sollte bezahlen, weil ich mit meinem Körper bezahlt hatte, ohne ihm oder irgendjemandem sonst etwas schuldig gewesen zu sein. Und so schlich ich nach dem Anziehen ins Bad, wo ich ein originalverpacktes Damenparfüm fand und einsteckte. Ich fand auch sein Portemonnaie. Es war nicht viel drin, dreißig Dollar höchstens, auch die nahm ich.

Wochen später kam der Behaarte als zufälliger Gast ins Café Gallery. Mich erfasste der Schreck der Ertappten. Er hingegen war hocherfreut. Ich sei so schnell fort gewesen, sagte er ohne Vorwurf, man könne sich ja vielleicht noch einmal treffen. Er war billig davongekommen, und er wusste es. Dreißig Dollar und ein Parfum für ihn. Ein Stück, ein weiteres Stück meiner Selbstachtung, für mich.

PS

Ich habe mal studiert. Später hätte ich es richtig gemacht, aber da war es vorbei. Damals kam ich aus New York und hatte gelebt. Die Universität zu Köln war ein Spiel, das ich nicht lange spielen mochte. Dabei war es doch die Sehnsucht nach Bildung, die mich zur Rückkehr angestiftet hatte. Bildung, auch so eine Idee ohne Konturen. In Germanistik unterlief mir ein Buch, ein Büchlein. Eine Frau erinnerte sich ihrer Freundin, einer Schriftstellerin. Dabei schrieb sie nichts, diese Freundin. Dass sie eine Schriftstellerin war, stand dennoch außer Frage. Und wenn sie nicht gestorben wäre, sie hätte doch nicht geschrieben, nie geschrieben und wäre doch immer die Schriftstellerin geblieben, für die Freundin, die schreibende Freundin. Das verstand ich, vielleicht war es das Einzige, das ich seinerzeit verstand. Im Akt des Schreibens die nicht Schreibende preisen, sie als überlegen erachten. Das Unverfilmte kritisiert das Verfilmte, hat mal ein anderer gesagt. Das Studium brach ich ab, als die Filmfestivals begannen, eine neuerliche Flucht vor der Ahnungslosigkeit in die Ahnungslosigkeit. Meinem alten Lieblingsprofessor schickte ich einen Brief mit dem Grund des Weggehens. Er antwortete kurz, gar nicht sehr bedauernd, sein PS lautete: Leben Sie, solange es geht, im Abenteuer. Er meinte es möglicherweise anders, als ich es verstehen wollte. Aber er meinte es gut.

Schönen Tag

Als ich schwanger wurde, gingen alle davon aus, dass ich das Kind ohne Vater großziehen würde. Ich nicht. Die anderen behielten recht, und ich machte es alleine, was auch nicht ohne Vorteile war. Es gab andere, weitere Männer für mich, und einige gingen auch meine Tochter an. Es war, wie es war. Ihr Vater schrieb viele Briefe von weit her, formulierte große Gefühle, kam und zahlte hingegen selten. Er war, wie er war. Ich war fertig mit ihm. Meine Tochter war auf der Suche nach einer anderen Version Vater. Kurz bevor sie auszog, wollte sie ihn und mich zusammenführen. Ich wollte nichts wiederholen, aber sie weinte, und so gab ich nach. Zu dritt trafen wir uns im Gasthaus Schönen Tag. Er hatte eine Art Entschuldigung dabei, anders wolle er manches machen, er legte Geldscheine auf den massiven Holztisch und versprach, zur Theateraufführung seiner Tochter zu kommen. Die schob mir in der Nacht einen Zettel unter der Tür durch. Dies sei der glücklichste Tag ihres Lebens gewesen, stand dort zu lesen, sie habe ihre Eltern zum ersten Mal gemeinsam erlebt. Zur Aufführung kam er nicht, die Zahlungen blieben unregelmäßig, und die Entschuldigungen wurden seltener. Ich hatte so etwas Ähnliches wie Verständnis für das Chronische seiner Unzulänglichkeit, meine Tochter hingegen hat sie ihm nie verziehen, die kurze Zeit der Hoffnung.

Rehlein

In einer Kölner Straßenbahn sprachen mich zwei merkwürdige weißblonde Jugendliche an. Das dünne Mädchen und der leicht teigige Junge suchten eine Waschgelegenheit. Ich nahm sie mit in meine WG und ließ sie nacheinander baden. Später fehlten ein paar Lippenstifte, mit so etwas hatte ich gerechnet. Am nächsten Tag klingelte der Junge, schenkte mir einen goldenen Ring zweifelhafter Herkunft und blieb in meinem Leben. Reiner hatte die Schule nach der siebten Klasse abgebrochen, mit dem Schreiben hatte er so seine Schwierigkeiten, aber er war schlau und schlagfertig und wusste sich zu helfen. Als, Jahre später, meine Tochter auf die Welt kam, band er ihr, wie man es mit Yorkshire-Terriern macht, kleine Satinschleifen ins Babyhaar. So nahm er sie mit in seine Schwulencafés und gab sie als seine Tochter aus. Er war immer da, wenn ich ihn brauchte, und ich brauchte ihn ständig, weil ich schlafen wollte, arbeiten musste und mit Männern ausging. Einer von ihnen schenkte Rehlein, wie seine Mutter ihn früher genannt hatte, eine Lederjacke, ein anderer ein Auto. Weil er nichts, aber auch wirklich gar nichts machte, tat er alles für mich. Wir hatten eine eigene Sprache, eine eigene Art zu streiten und teilten unsere niedrigsten Momente. Meine Tochter wurde älter und Reiner auch. Er versuchte manches, ABM-Maßnahmen, eine Beziehung, Selbstmord. Nichts gelang, und er wurde wund und böse und aufgeschwemmt. Er ging auf seinen Exfreund los, später auf mich. Nicht schlimm, aber traurig. Nach Jahren begegneten wir uns auf der Straße und gingen wortlos aneinander vorbei. Im Büro erreichte mich einmal die Nachricht einer Unbekannten, ich solle sie wegen Reiner anrufen, es gebe Probleme. Zuerst hatte ich keine Zeit für den Rückruf, und dann vergaß ich ihn. Ich habe mein Kind ohne Vater großgezogen, dafür wurde mir manches Mal anerkennend oder mitleidig auf die Schulter geklopft. Sie alle wussten ja nichts von Reiner, von dem ich meinerseits auch nichts mehr wissen wollte, als es mit uns vorbei war.

Zwischendurch

Mein Vater war immer ein kommunikativer Mensch. Er bekam zwar weite Teile seines rechten Beines in russischer Kriegsgefangenschaft wegen Wundbrandes abgesägt, aber er lief auch im höheren Alter noch munter durch die Stadt und machte Bekanntschaften vielerlei Art. Manchmal traf er auf Leute, die mich kannten. Er war sparsam und gönnte sich und anderen wenig. Zu Weihnachten bekam ich jedes Jahr ein Buch, das hatte sich so eingebürgert. Einmal hatte ich mir den neuen Henning Mankell gewünscht. Mit dem Buch übergab mein Vater mir Grüße des Buchhändlers, Herr von Wiese, ich wisse schon, der habe sich so gefreut. Mein Vater liebte die Sentimentalität, weil sie eine so unverbindliche Regung ist. Herr von Wiese war Buchhändler in einer holzvertäfelten Buchhandlung in der Innenstadt. Als Studentin bestellte ich dort ein Buch, wir kamen ins Gespräch. Er hatte einen leichten Buckel, Anzug und Haare waren graubraun, und sein Hobby war es, Schriftsteller zu photographieren. Einige dieser Porträts waren auf Umschlägen von Büchern abgebildet, die er aus den Regalen nahm und mir zeigte. Warum er mir nahelegte, »Abschied von den Eltern« zu lesen, ich wusste es nicht. Ich hatte auch keine Ahnung, wer Peter Weiss war, und außerdem kein Geld dabei. Herr von Wiese schämte sich mit einem Mal fürchterlich dafür, wie ein übereifriger Verkäufer zu erscheinen, was er in Wirklichkeit gar nicht tat. Mit dem bestellten Buch sandte er mir das Peter-Weiss-Buch und einen in altertümlicher Schrift verfassten Gruß. Es folgten weitere Bücher, Canetti, Kafka, Unica Zürn. Er rührte mich so sehr, dass ich mich nie mehr in sein Geschäft traute. Und dann brachte mein Vater mich ins Altherrengespräch, ausgerechnet in dieser Buchhandlung, mit einem blöden Krimi, ausgerechnet. Was machte er dort, in meiner alten Buchhandlung? Ich hätte ihn längst in Rente vermutet, meinen Buchhändler. Herr von Wiese, so berichtete mein Vater, habe mit feinem Lächeln gesagt, man müsse ja zwischendurch auch mal was Leichtes lesen.

Stimmlage Bariton

Der Herr Krobath war Frisör in Villach. Sein Salon befand sich gleich neben dem Hotel Glur. Es kamen hauptsächlich deutsche und jugoslawische Bustouristen ins Hotel Glur, das nicht schön, aber zentral gelegen war. Die Berge waren auch nicht weit, Kärnten eben, Seen und Berge und die Heimat von meinem alten Freund Seppi. Seppis Bruder betrieb das Hotel Glur, seit beider Mama, der Herta, die Kraft dazu fehlte. Die Frau Chef, wie das Personal sie weiterhin rief, wohnte in einem großen Haus gleich hinter dem Hotel. Sie war dünn, rauchte viel und hatte einen Hauch Catherine-Deneuve-hafter Eleganz, was nicht zuletzt an ihrem gut frisierten blonden Haar lag. Die Frisur, die verwaltete seit jeher der Herr Krobath. Zehn Jahre lud der Seppi mich und andere alte Freunde zu Ostern ins Hotel Glur. Ich folgte der Einladung immer wieder, beim Herrn Krobath ließ ich mir allerdings nie die Haare machen. Er war ein fescher Herr mittleren Alters mit hellblond eingefärbten Strähnchen im Haar; in der Wirtsstube vom Hotel Glur grüßten wir uns all die Jahre ergiebig. Der Freundeskreis zerlief mit der Zeit, wenigstens fielen die jährlichen Treffen aus. Später reiste ich doch noch einmal für ein paar Tage nach Kärnten, in ein weit besseres, höher in den Bergen gelegenes Hotel. Ein Besuch bei Herta war natürlich Pflicht. Meine Haare schienen mir zu wirr für die elegante Dame, und so verschlug es mich doch als Kundin in den Salon vom Herrn Krobath. Der war immer noch fesch, aber nunmehr eher älter als mittelalt. Das Fräulein aus Köln, er freute sich. Als er begann, mir die Haare zu schneiden, bemerkte ich das Zittern beider Hände, das der linken, mit der er die erste feuchte Strähne zwischen Zeige- und Mittelfinger straff nach oben zog, vor allem aber das der rechten, die die Schere führte. Ich hatte Locken, verschneiden war nicht so schlimm, nicht so schlimm wie diese Krankheit und nicht so schlimm wie seine Angst, die Kundinnen könnten sie bemerken. Er erzählte, er sei das Haareschneiden nach einem Vierteljahrhundert leid, bekäme aber den Salon nicht mehr verkauft, weil das Geschäft nachgelassen habe und insgesamt alles nicht mehr so gut liefe bei ihnen in Kärnten. Wie gerne er aber sänge, darüber sprach er ausführlich, dass er Mitglied im Chor sei, Stimmlage Bariton, und wie viel Freude ihm die Auftritte bereiteten, die ihn bis nach Klagenfurt führten. Es war ehrlich und beruhigend, wie er über das Singen sprach. Ich hielt still, sah ihn und mich gemeinsam im Frisierspiegel und wusste, wir würden uns nie mehr wiedersehen.

Die Frisur war am Ende ganz in Ordnung, Herta zumindest war begeistert. Keiner kann's wie der Herr Krobath, sagte sie. Sie fuhr sich kurz über ihr wohlfrisiertes Haar, bevor sie sich eine schmale Zigarette anzündete, mit zitternden Fingern auch sie.

Waschküche

Früher habe ich in München immer bei Thomas gewohnt. Er sah ein bisschen wie meine große Liebe aus, bloß jünger. Meine große Liebe sah ich zum ersten Mal, als ich mit dem Zug von Köln nach Paris fuhr. Er packte, fünf, sechs Großraumreihen weiter, unförmige Skulpturen aus einer großen Tasche und betrachtete sie ausgiebig. Das Gleiche machte ich mit ihm, dem Mann meiner Träume. Monate später sollte ich einen mir unbekannten Experten über Kunstfilme interviewen. Sie sind der Mann aus dem Zug, sagte ich, als er die Tür seiner Galerie öffnete. Ab diesem Moment waren wir zusammen, obgleich er sich nicht an mich erinnern konnte. Seine Münchner Eltern kannte ich nicht, als ich im folgenden Sommer, von Villach kommend, nach München zum Antrittsbesuch fuhr. In Salzburg missachtete ich beim Umsteigen den Abstand zwischen Trittstufe und Bahnsteig. Mein rechtes Bein trat ins Leere. Die abwärtige Wucht quetschte das Fleisch des Oberschenkels, bis ich feststeckte. Das nun tat weh, und das Bein schwoll im Verlauf der Reise weiter an, bis ich, elendig humpelnd, Thomas' Wohnung im dritten Stock des mäßig schönen Altbaus erreicht hatte. Wir hörten ein bisschen Janis Ian, er bezog das Sofa zum Bett, da klingelten schon die Eltern unten an der Tür. Ich hinkte, das Geländer fest umklammernd, treppab dem älteren Ehepaar entgegen, das mir neugierig entgegenstarrte. Meine Verletzung war jedoch keinesfalls Gegenstand ihrer Neugier. Während der Fahrt in ihrem braunen Auto sprachen sie lieber ausführlich über die Schönheit Münchens. Unermüdlich führten sie mich nach der Ankunft in jeden Winkel ihres großen Hauses. Sie hatten es über viele Jahre mit eigenen Händen gebaut, gleich um die Ecke vom Haus von Franz Josef Strauß, darauf waren sie besonders stolz. Selbst die Waschküche durfte bei der Besichtigung nicht fehlen. Zur Belohnung gab es Weißwurst, bis ich platzte. Die allerdings war nur die Vorspeise. Nach drei weiteren fleischlastigen Gängen fuhren sie mich und mein gequetschtes

Bein zurück zu Thomas. Sie waren rührend. Sie wollten nur das Beste für ihren Jungen und damit für die Frau, die er sich bis auf weiteres ausgesucht hatte.

Thomas starb wenige Jahre später an einem Loch im Herzen. Meine große Liebe brach das meine mit zu vielen Schlägen. Nach Jahren in der Fremde zog er zurück in das Haus seiner Eltern. Meine Tochter fuhr jedes Jahr einmal dorthin, der Großeltern wegen, die auch sie rührten, und ließ sich die Fleischplatten auftragen.

Guter Dinge

Mit sechsundzwanzig Jahren wurde ich schwanger von meiner großen Liebe. Ich bemerkte es in Cannes während der Filmfestspiele. Ein vietnamesischer Freund fuhr mich auf seinem Moped zur Apotheke und übersetzte. Ich wusste ja nicht, was Schwangerschaftstest auf Französisch hieß, das hatte man uns auf der Gesamtschule nicht beigebracht. Ich wusste gar nichts, übers Schwangersein nicht, übers Muttersein noch weniger, und doch wusste ich, ich mache das. Der zuständige Vater sagte spontan, er hielte das für keine gute Idee. Ich ließ mich erst einmal von irgendwelchen Paparazzi oben ohne am Strand photographieren, denn, so dachte ich, so was ist ja demnächst vorbei. Eigentlich, dachte ich, ist demnächst alles vorbei. Es war das Ende der Welt, wie ich sie kannte. In Köln traf ich meine Mutter im Café. Ich bin schwanger, sagte ich. Sie blickte mich recht sachlich an und fragte, ob ich es behalten wolle. Das nun stand außer Frage. Sie fragte noch einmal, und als klar war, dass es klar war, sagte sie, ich solle mein Leben nicht wegwerfen. Tu es nicht, sagte sie, du hast so ein schönes Leben. Sie weinte. Da begriff ich. Meine Schwester und ich waren das Letzte gewesen für sie, das Ende. Das Ende des Aufbruchs, der Freiheit, der Welt, wie sie sie nicht kannte, aber sehr gerne kennengelernt hätte.

Ich blieb die längste Zeit der neun Monate guter Dinge, hatte eine leichte Geburt und ein friedliches Baby. Ich stillte ein paar Monate, dann war wieder Filmfest in Cannes, und ich fuhr hin. Cannes, Venedig, Rio, immer weiter fuhr ich fort, dorthin, wo ich Aufbruch, Freiheit und Welt verortete. Meine Mutter hatte schon recht gehabt; ich hatte so ein schönes Leben, und vor allem habe ich es behalten.

Meine Tränen

Als ich mich einmal in Beständigkeit üben wollte, suchte ich mir einen schwachen Kandidaten. Er fuhr einen gelben Porsche, hatte sich mir gegenüber vier Jahre jünger gemacht und seine Frau und seine Söhne verschwiegen. Er liebte mich wirklich, aber auch das war keine Entschuldigung. Ich blieb bei dem Porsche-Fahrer, nicht weil ich ihn wollte, sondern weil ich der vielen Trennungen müde war. Als ich von ihm schwanger wurde, konnte ich das so wenig ertragen wie zuvor seine faulen Ausreden. Kein Kind, nicht von ihm.

Tage vor dem Eingriff feierte seine Firma ein Jubiläum in Hamburg, dort kam er her, von dort war er zu mir ausgewichen. Ich fuhr zur Feier der Firma als neue Frau an seiner Seite. Im Zug war mir schlecht, als ich in seinem Behelfsappartement eintraf, erst recht, und auch in der Badewanne wollte sich keine Linderung einstellen, in jenem schrecklichen dritten Monat. Ich stand in Unterwäsche im Wohnraum, als nach herrischem Klingeln an der Tür unangemeldet Besuch hereinplatzte. Es war seine frisch verlassene Ehefrau. Sie sah viel besser aus, als ich dachte, und tat, als wolle sie die Wohnung sehen, dabei ging es ihr doch allein um meine Ansicht. Sie war mutig, ihr Mann betreten, und mir war weiterhin schlecht. Gemeinsam redeten wir über nichts, bis sie ging und mich an ihrer Stelle zurückließ. Die Feier fand im Jachthafen statt, mit Treffpunkt an den Landungsbrücken. Gemeinsam mit weiteren festlich gekleideten Menschen strebten wir zu den Booten, als eine Pennerin auf uns zukam, nein, auf mich kam sie zu. Sie fixierte mich nachgerade. Ich kramte nach Geld und hielt ihr ein paar Mark hin. Sie schüttelte den Kopf, nahm meine Hand, nicht aber mein Geld. Sie hörte nicht auf, mich anzustarren. Die gepflegten Gäste um uns herum blickten peinlich berührt. Ihre hellen Augen füllten sich mit Tränen. Sie packte fester zu und begann zu weinen, haltlos. Tu es nicht, sagte sie. Tu es nicht. Ich habe es doch getan. Es musste sein. Ein

Arzt hat es für mich getan. Ich kannte ihn bereits, den schönen, weißhaarigen Mann. Er hat sich, zahllose Abtreibungen später, umgebracht. Sie hat alles gewusst, die Frau an den Landungsbrücken. Sie hat es gesehen, und sie hat meine Tränen geweint.

Puppe

Manches liegt im Dunkel. Ich war zu klein gewesen, vor den Worten also. Oder nicht bei Bewusstsein. Zudringliche Fremde an unwirtlichen Orten. Eine Ahnung nur, dass vor den Erinnerungen anderes, Ähnliches, vorgezeichnet war, oder nein, eingraviert, in eine flüchtende Seele. Denn das erste Mal, in all seiner Wucht, kam mir bekannt vor. Das Gefühl danach, es verband sich mit einem Wissen von ganz unten. Der Grund war wie immer keiner, der so etwas jemals nach sich ziehen dürfte. Mein Freund war ein sensibler, frustrierter Architekt, sein Erfolg zu gering für das, was er als seine Genialität erachtete. Er war dünn, aber er hatte riesige Hände. Seine Schläge hatten mit einem Job zu tun, den ich angenommen hatte, nackt aus der Torte springen, so etwas. Er schlug mich auf der Straße. Nicht ganz schlimm, aber schlimm genug fürs erste Mal. Im Aufzug zur gemeinsamen Wohnung rutschte ich, mit dem Rücken zur Wand, auf den Boden, ohne den Etagenknopf zu drücken. Ich war allein, der Rausch abgeklungen. Schläge empfängt man im Rausch, man ist nicht dabei, wenn es passiert. Nicht zu fassen, was passiert. Nicht anfassen. Bitte nicht. Wenn die Gefahr vorüber ist, kehrt die Fassung zurück. Es ist eine neue Fassung, die Windung verbreitert, in die sich das Entsetzen schraubt. Striemen, Schmerzen, Tränen. Allein wie nie, verbunden mit dem Alleinsein aller anderen, die das kennen, aller anderen Frauen. So ist es, beim ersten Mal. Wenn es wieder passiert, und es passiert wieder, mündet die Hilflosigkeit in einen törichten Reflex: Er soll wieder lieb sein. Kindlich geht es zu, wenn man in Stücke zerbrochen ist, am Boden zerstört. Man wirft sich immer auf den Boden. Man bin immer ich. Ich will den Schalter umstellen. Es ungeschehen machen. Ich starre auf den Schalter. Ein Zentimeter nur, anders gekippt, und das Licht ginge wieder an, der Versehrer würde zum Heiler. Das wird er nie, niemand wäre weiter entfernt davon, etwas wieder heil zu machen, als er, der alles kaputt gemacht hat. Deshalb gibt es diesen Schalter auch nicht, und wenn doch, so käme er mal in die eine, mal in die andere Richtung zu kippen. Die Welt, man sieht sie wie durch Glas danach, eine Schaufensterwelt. Ich bin die Puppe, stehengelassen, halbbekleidet, mit starrem Blick. Man kehrt zurück ins Funktionieren, man findet neue Männer. Manche schlagen wieder, irgendwann dann keiner mehr, vorerst. Nur die Härte bleibt, die Härte gegen sich. Nicht gegen die, die es getan haben. Die schiere Tat macht sie vorhanden. Ihr Gegenstand zu sein löst einen auf, mich löst es auf. Man kann es, man kann sie verstehen. Taten kann man verstehen. Aber man will nicht. Das ginge zu weit. Es ist immer nur ein Schritt auf die andere Seite, für beide. Die andere Seite ist dort, wo nichts mehr gilt, wo überhaupt nichts mehr ist. Es gibt nur ein erstes Mal, danach ist es nie mehr vorbei. Man redet nicht darüber, und wenn doch, dann wird einem sehr kalt. Eine Kälte, an der jedes Bedauern abprallt. Einmal sprach ich mit meiner Tochter darüber, mit kaltem, panischem Herzen. Ihr Blick brach vor Mitgefühl, aber er wurde auch wieder sehr fest. Ich will, sagte sie, dass mir so etwas nie passiert. Das will ich auch. Das hätte ich für mich auch gewollt. Für uns alle. Wenn ich vorher gewusst hätte, dass so etwas überhaupt passiert, passieren kann. Jemandem. Mir.

Einem einmal

Gleich nach der Landung in Los Angeles stellte sich dieses Gefühl ein. Ein Ankommen im Unverhofften, man muss es wohl Glück nennen. Ich war zum ersten Mal an der Westküste; Sonja hatte mir gesagt, ich solle zu ihr kommen, nach Malibu, ganz ans Ende des PCH, des Pacific Coast Highway. Dorthin fuhren wir in ihrem roten Maranello. Während wir mit offenem Verdeck die Küste entlangglitten, zeigte sie auf dieses und jenes Strandanwesen und zählte die Namen der Superstars auf, denen sie gehörten. Sonja war meine Freundin. Sie hatte reich geheiratet und wollte immer, dass alle Freunde nach Malibu kommen, am besten für immer, weil es dort so schön sei. Es war schön, aber ein Hauch von Anstrengung wehte vom Pazifik über die polizeigeschützten Anwesen, in denen jedes Paar nach klaren Vorgaben zueinander gefunden hatte, meist paarte sich Geld mit Schönheit. Sonja war schön und ihr Mann sehr nett. Mein alter Freund Ralf war auch nett geworden, stellte sich heraus. Er hatte mich geschlagen, als Erster so richtig. Das nun war lange her, und weil er zufällig auch ein paar Wochen in LA war, verabredeten wir uns. Er holte mich ab, und wir fuhren über den PCH in ein schickes Restaurant mit Blick auf einen von wuchtigen Villen durchsetzten Canyon. Wir waren ja inzwischen erwachsene Menschen, erfolgreiche Menschen. Er war immer noch Architekt, längst mit Professur, klar. Er hatte Verhältnisse mit zahlreichen Studentinnen, auch klar. Aber nun gab es da eine Künstlerin in LA Ihretwegen war er dort. Ja, die Künstlerin, die war verrückt, herrlich verrückt wahrscheinlich. So lange her war das mit uns, da redete man gerne über was Neues, wir waren ja erwachsene Menschen. Warum es mir plötzlich einfiel, was in mich fuhr, woher diese Ehrlichkeit, ich bin selten ehrlich – ich wusste es nicht, aber ich machte es. Ich fragte ihn, warum er es getan hatte, ob er wisse, was es mit mir angerichtet hatte, damals, als derlei Dinge undenkbar schienen. Geschluckt habe ich sicher, aber geweint auf keinen Fall. Ich wollte etwas erfahren über eine Zeit, die lange zurücklag, und einen Ort, der weit entfernt war. Er gab mir keine Antwort, er hörte nicht, verstand nicht. Ich ließ es gut sein, was hätte er schon sagen sollen. Aber ich hatte es gesagt, einmal hatte ich es einem gesagt, dass es schrecklich ist und dass es etwas anrichtet. Wir tranken weiter unseren kalifornischen Rotwein und blickten in die schöne Landschaft.

Wenige Monate später kam Sonjas Mann bei einem Reitunfall ums Leben, und ich flog zum zweiten Mal nach Los Angeles. Auf eigentümliche Weise war auch das eine gute Reise. Glück ist ein seltsamer Ort.

Notpass

Die Hotels, in denen ich während meiner ersten Festivaljahre wohnte, verdienten diese Bezeichnung kaum. Mindestens zu zweit, durchaus aber auch schon mal zu fünft, quetschten wir uns für die meist kurze Nachtruhe in schäbige kleine Zimmer. Von Badewannen konnte keine Rede sein, und die auf dem Flur gelegenen Duschvorrichtungen waren oft besetzt und immer bräunlich verfärbt. Kein Wunder also, dass ich den polnischen Regisseur fragte, ob ich bei ihm baden könne. Sein Film lief im Wettbewerb, und ich hatte ihn interviewt. Er wohnte im Excelsior, dem Festivalhotel am Lido, dem ersten am Platz. Jerzy hatte ganz und gar nichts dagegen, mich aufzunehmen; er brachte mir ab und zu einen Drink an die Wanne und sah mir beim Baden zu, bis er zu einem Termin musste. Ich machte es mir gemütlich. Das geräumige Zimmer sah aus, als habe nie jemand darin gewohnt. Es war unberührt wie der Block mit dem Hotellogo auf dem Nachttisch, neben dem ein schmaler, ebenfalls logoverzierter weißer Bleistift lag. Beides wollte ich für meinen Abschiedsgruß nicht anbrechen. Stattdessen riss ich eine Seite aus meinem Reisepass und kritzelte mit dem Kuli meine Kölner Nummer auf das Dokument, bevor ich, nicht ohne Bedauern, den schönen Raum verließ.

In jenen Jahren hatte ich eine Zweitwohnung in Berlin-Neukölln, für anteilige dreißig Mark im Monat. Die Hin- und Rückfahrten durch die DDR, in den mit weiteren zahlenden Mitfahrern vollgestopften Kleinwagen, kosteten für jeden zwanzig Mark. Für die Fahrt von Berlin nach Köln schlug die Mitfahrzentrale gern den Savignyplatz als Treffpunkt vor. Dort traf ich, Monate nach dem Gastspiel im schönen Excelsior, auf einen mürrischen Fahrer und drei weitere mundfaule Mitreisende. An der deutsch-deutschen Grenze mussten wir wie üblich unsere Pässe zur Prüfung abgeben. Es war Winter und Abend und kalt. Ein Grenzbeamter forderte mich auf, in die Baracke zu kommen. Er hatte die Seiten meines Reisepasses abgezählt, eine Idee, auf die noch nie jemand gekommen war, und die fehlende bemerkt. Den Pass befand er nunmehr für ungültig, ein Notpass war fällig. Das sollte eine Stunde dauern und zwanzig Mark kosten. Ich hatte aber bloß einmal zwanzig Mark, und die gehörten ja eigentlich dem mürrischen Fahrer. Immerhin waren er und die anderen so nett, auf mich zu warten. Das mit dem fehlenden Geld traute ich mich erst bei Magdeburg zu sagen. Wie sich herausstellte, war nicht nur ich feige gewesen. Nach und nach rückten die drei Mitfahrer damit heraus, eigentlich auch kein Geld dabeizuhaben. Der Benzinvorrat endete bei Hamm-Uentrop, wo sich uns ein so unverstellter wie langwieriger Blick auf das örtliche Kernkraftwerk bot. Die Stunden bis zur Auslösung durch belastbare Verwandte einer Mitreisenden verbrachte unser Kollektiv bei bitterer Kälte und in tiefer Verachtung. Für Frauen, die Reisepässe als Notizblöcke missbrauchen, und für Vopos, die das bemerken.

Schöne Kleider

Als ich noch stolz darauf war, in die Paris Bar hineingelassen zu werden, trug ich dort ein dünnes rive-gauche-blaues Kleid, ohne BH darunter, und der blonde Mann, der es bemerkte, machte mir daraus einen Vorwurf. Er gefiel mir dennoch oder deswegen. Er war Künstler und auf dem Sprung nach Braunschweig, zu einem alten Freund. Dessen Namen hatte ich erlauscht, und die passende Adresse gab es bei der Auskunft.

In meiner Neuköllner WG gab es einen neuen Mitbewohner. Er war lustig, wie ich auf den ersten Blick erkannte. Ich legte mich aufgeregt neben ihn auf seine Matratze und phantasierte von dem blonden Mann, während er Substanzen zu sich nahm, die ihn wach hielten. Bevor ich an seiner Seite einschlief, fasste ich den Entschluss zu meiner Reise nach Braunschweig, gleich am nächsten Tag. Das Kleid meiner Wahl war nicht mehr blau, sondern schwarz wie die Netzstrümpfe, und das im Winter. Einem kalten Winter. Im Zug jedoch war es warm, und das Geld reichte noch für die anschließende Busfahrt. Die Endstation jedoch, so erfuhr ich, war ein weites Stück entfernt von der angegebenen Adresse. Ich musste weiterlaufen, durch den Schnee und die einsetzende Dunkelheit in der Fremde. Die Wärme für meinen Fußmarsch speiste sich aus der freudigen Erwartung. Ich lief und lief, bis mein eigentliches Ziel, ein Bauernhof, Bauernhof statt Braunschweig, zu guter Letzt erreicht war. Niemand machte auf. Da wurde sie sehr kalt, diese Nacht, auf dem Land, bei Braunschweig. Ich klopfte an die Tür des benachbarten Hauses, eine alte Frau öffnete misstrauisch und starrte mich an, bis ihr Mitleid die Oberhand gewann. Ich bekam einen Teller heißer Suppe, es war ja kalt, dann entließ sie mich ins Nichts der enttäuschten Erwartung auf die schneebedeckten Wege, auf denen keine Busse mehr fuhren, so spät, so sinnlos, wie alles war. Ich lief und lief, durchquerte Wälder und stolperte über Felder, bis ich fiel, steif gefroren in meinen Netzstrümpfen, dem dünnen schwarzen Kleid, der kurzen cremeweißen Jacke, die so schön war, aber überhaupt nicht warm, wie es auch sonst nichts mehr gab, das in irgendeiner Form wärmte. Im Dorfgasthaus, irgendwann, irgendwo ein Dorf, kehrte ich ein, das Geld war aus, aber das Zimmer nahm ich, prellte die Übernachtungszeche am nächsten Morgen. Trampen musste ich, wo Trampen doch Jahre schon vorbei war. Die üblichen Anzüglichkeiten der Fahrer, auch sie hielt ich aus bis Lüneburg, wo mein Vater im Exil seiner psychiatrischen Klinik arbeitete. Man kann es sich nun einmal nicht aussuchen, wohin die Blindheit einen verschlägt. Er gab mir Geld, für das Zugticket nach Berlin und ganze fünf Mark für den Rest. Entsprechend hungrig traf ich bei meinem lustigen Mitbewohner ein. Die Wirkung seiner Substanzen hatte meine vierundzwanzigstündige Abwesenheit überdauert, wir gingen in der Neuköllner Wintersonne spazieren. Das schwarze Kleid trug ich weiterhin, behielt es an bis zum Abend, an dem ich, wieder ohne BH, in der Paris Bar aufschlug, wo der Blonde mit seinem Braunschweiger Freund saß, als wäre mir nichts passiert. Ich hatte wohl etwas falsch verstanden, aber ich erwähnte es nicht. Als ich in den Schnee gefallen war, steif gefroren, gab es für einen Moment die Angst, es nicht zu schaffen, liegen zu bleiben, einfach so. Aber dieser Irrtum wäre zu banal gewesen für ein dummes Erfrieren.

Der Blonde hatte eine Frau, damals schon, sie ist später gestorben. Wir wurden so etwas Ähnliches wie Freunde, er ging weiterhin in die Paris Bar, ich auch. Einmal brachte er seinen alten Freund mit, der nicht mehr bei Braunschweig, sondern viele Jahre schon in Irland lebte. Enttäuscht musterte dieser meine Jeans und sagte: Früher hattest du immer so schöne Kleider an.

nur die

Weil der Künstler in Bonn wohnte, gab er mir am Morgen danach
stets hundert Mark fürs Taxi nach Köln. Ich kam ganz schön weit
mit dem Restgeld, das mir blieb, nachdem ich mich bis Bonn-
Hauptbahnhof fahren ließ, um von dort aus den Zug zu nehmen.
Als in Bremen eine große Ausstellung seiner Werke bevorstand,
fand er keine freie Begleitung für die Eröffnung. Außer mir. Seine
Assistentin schickte mir die Rückfahrkarte, und ich fuhr mit dem
Zug nach Bremen. Sein Hotel war das beste der Stadt. Die Frau an
der Rezeption wusste mich auf den ersten Blick einzuschätzen.
Der Künstler eilte mir in der Lobby entgegen und nahm mich
sofort mit, zum Einkaufen. Ihm fehlte der passende Anzug für
den großen Abend. Beim ersten Herrenausstatter am Platz ließ
er sich kundig umschmeicheln und kaufte, was das Zeug hielt,
erste Ware. Mich hatte man zum Zuschauen in einen tiefen Sessel
komplimentiert. Ich wurde nicht gebraucht, in meinem wenig
teuren Kleid, beim ersten Herrenausstatter am Platz. Das Kleid
war eigentlich ein Pullover, lurexdurchwirkt immerhin. Es schien
mir trotz der Kürze festlich, mein Pulloverkleid. Eine Kürze, die
ich mir ja erlauben konnte, wie ich fand, weil ich eher meine
Beine als den Anlass in Betracht gezogen hatte. Die Zugfahrt war
dem Pulloverkleid allerdings nicht gut bekommen, es war ein
wenig ausgebeult, die dünne Strumpfhose war es auch, vor allem
an den Knien. Sie war von nur die und hatte einen verstärkten
Zwickel. Der wurde bisweilen oben am Bein sichtbar, wenn ich
mich falsch bewegte. Insgesamt schien der Künstler sich eine bessere Begleitung, mindestens eine besser bekleidete, gewünscht zu
haben, am Abend vor allem, vor all den Leuten, aber er hatte eben
nur mich. Auf der Rückfahrt richtete er erst kurz vor der Ankunft
am Hotel das Wort an mich, und das auch nur, weil er Geld für
den Taxifahrer brauchte. Der konnte keinen der vielen von einem
silbernen Clip zusammengehaltenen Hundertmarkscheine des
Künstlers wechseln und nahm stattdessen meinen Zehner, den

einzigen und letzten Zehner aus meiner ansonsten völlig leeren Börse.

Am Morgen danach ließ der Künstler mir von der Frau an der Rezeption ein Taxi bestellen. Diesmal wusste er ja, dass die Fahrt nur bis zum Bahnhof ging, und bot mir kein Geld an. Er dachte gar nicht daran, er dachte nicht an mich. Da musste ich es tun, ich musste ihn fragen. Ach so, sagte er und griff in sein Bündel. Ich bekam ihn, meinen Hunderter. Der Aufzug brachte mich dann ganz runter, in meinem lurexdurchwirkten Kleidpullover und der Strumpfhose von gestern. Neunzig Mark Restgeld blieben mir auf der Fahrt zurück nach Köln. Das hätte ich mir sparen können.

Zu viel des Guten

Aynur saß in der Fußgängerzone vor Kamps und fragte nach einem Euro. Ihre Strümpfe waren zerrissen, das schwarze Haar wirr, eine Flasche Bier stand neben ihr auf dem Bürgersteig. Ich gab ihr zwei Euro, und als sie »Danke« sagte, blickte sie mich direkt an. Keine hundert Meter weit war ich gegangen, schon hielt ich inne und haderte mit jenem Impuls, den meine Mutter Sozialtick nannte, seit ich ihr als kleines Mädchen Geld gestohlen hatte, um einer armen Mitschülerin Schulsachen zu kaufen. Auch alles Folgende, die Alten und die Kinderbetreuung, die Einkäufe für Frau Hilger, hielt sie für ein bisschen zu viel des Guten. Ich ging zurück zu der wild-schönen Aynur und gab ihr meine Nummer, sie solle am nächsten Tag mal in mein Büro kommen. Sie kam und fortan jeden Tag. Sie begann sich zu waschen, zum Arbeitsamt zu gehen und eine Wohnung zu suchen. Ihre marokkanische Familie kontaktierte sie nach sechs Monaten Funkstille und erzählte von der Agentur, in der sie jetzt arbeite. Die Mutter dankte es uns mit einem Festmahl, von dem wir die ganze Woche aßen. Doch von ihrem Fridolin kam Aynur nicht los, er war seit sechs Jahren auf der Straße, und dort wollte er bleiben. Als sie von ihm schwanger wurde, war der Bund besiegelt. Bis kurz vor der Geburt blieb sie bei uns, das schmale Mädchen mit den glühenden Augen, bevor sie wortlos verschwand. Irgendwann sah ich sie wieder, kauernd vor Kamps. Es war uns beiden unangenehm, aber aus der Rolle fielen wir nicht. Sie solle doch mal wieder vorbeikommen, sagte ich. Ob ich ihr gerade noch einmal aushelfen könne, fragte sie. Ich konnte nicht anders. Die, denen man helfen muss, weil man nicht anders kann, die können nun ihrerseits auch nicht anders. Also bleibt es sich gleich.

Privatpatienten

Annette hatte mich gebeten, ihre Tochter Johanna zum Abschlussball zu begleiten Sie selbst musste nach Dubai, und Johannas
Vater war tot. Mich hatte in der Tanzschule erst gar keiner zum
Abschlussball gebeten, damals mit dreizehn, ich war einfach zu
groß. Johanna war eher klein, irgendwann hat das aufgehört, dass
die nächste Generation immer größer als die der Eltern wird.
In ihrem kurzen schwarzen Kleid mit den halbhohen schwarzen Schuhen reichte sie mir gerade bis zur Schulter. Die anderen
Mädchen im Gürzenich waren pompöser ausstaffiert, pastellen
gewandet mit zumeist onduliertem Haar. Alle waren mit ihren
Eltern gekommen. Alle. Väter im Smoking, Mütter in Pastell. Ein
paar kannte ich, meinen Zahnarzt zum Beispiel, der nur Privatpa-
tienten nahm, und den Verlegersohn, der Kette rauchte. Ich hatte
vergessen, dass Annette in Marienburg wohnte. Die Ballgäste hatten es keinesfalls vergessen, ihr Marienburg, sie trugen es passend
zu ihrem Schmuck, den adretten Kindern und dem festen Willen,
sich zu amüsieren, an einem Abend wie diesem. Johanna setzte
sich zu ihrem Partner, auch er eher klein, in die für die Debütan-
ten reservierte Ecke des großen Saales. Die Elternpaare verteilten
sich auf nummerierte Tische, dunkelhäutige Kellner standen bereit, überteuerte Getränke auszuschenken. So auch an dem Tisch,
für den ich eine Platzkarte erworben hatte und an dem bereits
vier Personen, umgerechnet zwei Paare, saßen. Ich könne mich
nicht auf einen der freien Plätze neben ihr setzen, beschied mir
eine Brünette an meinem Tisch. Sie fauchte nachgerade, was gar
nicht zu der Putzigkeit der klein operierten Nase passte. Eine gut
gemachte Nase, ein gut geschnittenes Kleid aus schwarzer Spitze
über einem gut trainierten Körper. Zur Sicherheit fasste sie ihren
eine Aura mittleren Reichtums verströmenden Mann kurz an
den Unterarm. Es säße bereits jemand auf diesen freien Plätzen.
Das zweite Ehepaar nickte bekräftigend, die Frau zumindest. Ihr
Mann fügte sich in das Schicksal derer, die alles bezahlen, im

Kleinen jedoch gerne nachgeben. Und kleiner als ich konnte an diesem Abend im großen Gürzenich unter zweihundert Paaren niemand sein. Ich verzog mich an die hintere Ecke des Tisches, bestellte schäbigen Prosecco, mein Prost blieb unerwidert. Wenn die wüssten, wer ich bin, dachte ich einen törichten Moment lang. Denn sie wussten es ja: Ich war eine alleinstehende Frau, und mehr als dieses Zuwenig war nicht von Bedeutung, nicht der Rede wert. Johanna war sauer, als ich an ihren Tisch floh, und schickte mich zurück zu den Paaren. Auf meine weitere An-wesenheit legte sie allerdings großen Wert. Sie würde es mir nie verzeihen, wenn ich ginge, rief sie mir nach, ich müsse sie noch tanzen sehen. Ich bin aber gegangen. Ich konnte gar nicht so viel Prosecco trinken, wie es solche Paare gab. Ich wollte Johanna wirklich nicht allein lassen, wo doch ihre Mutter in Dubai und ihr Vater tot war. Ich selbst aber hatte nach langer Zeit meinen Vater wiedergesehen, am Nachmittag des Abschlussballes, und meine Mutter würde ich am nächsten Morgen treffen. Der Abend im Gürzenich markierte die Halbzeit zwischen meinen Begeg-nungen mit den beiden, die seit fünfundzwanzig Jahren kein Paar mehr waren und davor auch nie tanzen gegangen waren, der Prothese meines Vaters wegen.

Vorstadtschönheit

Wir suchten eine Sekretärin mit guten EDV-Kenntnissen. Eine Bewerbung unter vielen war mit einer manuellen Schreibmaschine abgefasst, einige Buchstaben sprangen, und die Rechtschreibung war auch nicht eins a. Das beigefügte Passbild zeigte eine in ungewisse Ferne blickende junge Frau, der eine Haarsträhne das halbe Gesicht verdeckte. Es war eine sympathische Bewerbung, und vor allem kam Nadine aus demselben Kölner Vorort wie ich. Natürlich habe ich sie eingestellt. Nadine war sehr hübsch, auf zerzauste Weise, aber es kümmerte sie nicht so recht. Sie konnte auch gut im Job sein, ihr Herz jedoch gehörte den Tieren, von denen sie etliche bei sich zu Hause aufnahm. Jeder Urlaub ein neuer Hund. Nur Holger gab es immer schon, ihre Jugendliebe aus unserem gemeinsamen Vorort auch er. Sie war manchmal patzig zu ihm, aber sie dachte nicht in Alternativen. Auch zu mir war sie manchmal patzig. Lieber als mit unseren Kunden befasste sie sich mit ihren persönlichen Favoriten: mit der wirren Vermieterin, mit wegen Unwillen oder Unfähigkeit ausgeschiedenen Kollegen und mit mir sowieso. Holger und Nadine haben nach unserer gemeinsamen Zeit ein Häuschen gebaut, ein Mädchen bekommen und noch ein paar weitere Tiere aufgenommen. Auch meiner Tochter schenkte sie eine Katze. Als das renitente Tier wegen unseres Umzuges eingefangen und zum Transport in den Käfig gesteckt werden musste, bat ich Nadine um Hilfe. Wir hatten uns viele Jahre nicht gesehen, aber sie kam sofort und tat, was zu tun war. Sie arbeite jetzt Teilzeit, ihre Tochter träume viel, zu viel, fände die Kindergärtnerin, erzählte Nadine. Ich sagte zum Abschied: Ich danke dir von ganzem Herzen. Sie sagte: Das habe ich sehr gern gemacht. – Zwei Floskeln, eine Wahrheit.
Es gibt sie, diese Leben, die ich mir als die einzig möglichen vorstellte, damals, als ich klein war. Befestigte Wege. Eine Festigkeit, die man einst normal nannte, als das noch kein schlechtes Wort war. Von jener Normalität hat sich das öffentliche Leben,

das Leben, in dem wir sichtbar sein wollen, längst abgespaltet. In unserem Bestreben, vor aller Augen besonders zu sein, fabriziert, raffiniert, ist uns die Vorstadt abhandengekommen. Ich muss sie mal wieder besuchen gehen, Nadine.

Stahloptik

Meine erste eigene Wohnung gefiel mir sehr. Ich blieb neun Jahre bei ihr, nachdem ich zuvor alle paar Monate meine Bleibe gewechselt hatte. Meine Tochter wurde dort geboren, und überhaupt, neun Jahre sind eine lange Zeit. Sie war mit schwarz-grün-rot gewürfeltem Linoleumboden ausgelegt, diese Wohnung, und ihre mit Riffelglas versehenen, braun furnierten Doppeltüren sahen aus, als käme jeden Moment Peter Frankenfeld im karierten Jackett herein. Ich hatte Samtvorhänge an den Fenstern angebracht, Moosröschen steckten in bunten Vasen, und überall lagen Mädchendinge herum. Schräg gegenüber auf der anderen Straßenseite schmälerte ein breites, schmutzigweiß gekacheltes Apartmenthaus die Aussicht. Dort wohnte Attila. Attila war Türke, klein, kompakt und auffallend hübsch. Er putzte in unserem Haus das Treppenhaus und lächelte immer sehr nett, wenn er seinen Eimer zur Seite rückte, um mir Platz zu machen. Eines Tages fragte ich Attila, ob er auch bei mir den Boden putzen würde, und er sagte ja. Fortan kam er jeden Samstag und putzte für zwanzig Mark. Er war achtzehn und spielte in der Jugendmannschaft von Fortuna Köln. Zwanzig Mark war viel, für ihn, für mich und für die nicht so viele Arbeit. Als Attila seinen bevorstehenden Geburtstag erwähnte, dachte ich ausführlich über ein Geschenk nach. Am Ende kaufte ich einen großen, massiven Mülleimer in Stahloptik. Er hatte hundert Mark gekostet und war definitiv ein Jungsding. Mit meinem teuren Geschenk ging ich unangemeldet gegenüber klingeln. Attila war daheim, sein sechzehnjähriger Bruder auch, sie lebten ohne Eltern in der Wohnung, das heißt, wie ich beim Eintreten bemerkte, in dem Zimmer. Einem Zimmer voll bunter Deckchen, Lämpchen und türkis colorierter Drucke an den Wänden. Mädchendinge, nein, Türkendinge. Ich blickte etwas betreten auf die pompöse Stahltonne, die ich wie einen Baumstamm umklammert hielt. Attila tat, als fände er sie ganz toll, stellte sie in die winzige Kochnische und kochte mir einen Mokka. Wir tranken ihn aus zart vergoldeten Tässchen und blickten durch das Pastellgrün seiner transparenten Gardinen auf die andere Straßenseite, wo uns das Rot meiner zugezogenen Samtvorhänge entgegenschimmerte.

Mann und Frau

Fabians Haut hatte einen rosigen Schimmer, seine Augen waren blank und seine Gedanken gut sortiert. Ein Jüngling mit Verstand. Fabian war mein Freund. Er wohnte in Hamburg, und sie passte zu ihm, diese saubere Stadt. Meine Männer waren anders, zu seiner Zeit. Älter sowieso, verheiratet oder anderweitig beschädigt. Davon erzählte ich Fabian. Vom Vorher und Nachher. Ich erzählte ihm alles, er war ja mein Freund. Er merkte sich meine Sätze, zitierte sie oft, und dann kicherten wir beide. Wir schickten uns lange E-Mails, über alles und jeden, auch die waren lustig. Frauen gab es nicht in seinem Leben, keine zumindest, die auf ihn oder mich Eindruck gemacht hätte. Wenn Filmfestspiele waren, kam er nach Berlin und wohnte bei mir. Abends sah er mir beim Schminken und Ankleiden zu, morgens erzählte ich ihm die Geschichten der Nacht. Auch am Morgen vor meiner Abreise. Ich packte in größter Eile, der Flieger!, erzählte, wo ich gewesen sei, und vom Rausch der Aussichtslosigkeit. Fabian unterbrach mich, als ich den Reißverschluss der fertig gepackten Tasche schloss. Ob wir auch einmal – er suchte ein wenig nach den rechten Worten – wie Mann und Frau sein würden. Es war vorbei. Freundschaft gibt es ja wirklich, wenigstens ist sie weniger ausgedacht als der Rest. Fabian und ich, das war nunmehr auch nur ein Rest, ein eher schäbiger, wie die Wohnung, deren Schlüssel ich ihm übergab, bevor ich ging. Ich schrieb ihm keine Mails mehr. Nach einer Weile kam eine unfreundliche von ihm, in die Anlage hatte er unsere gesamte Korrespondenz gepackt. Er hatte mir meine Worte zurückgegeben. Ich wollte weder sie noch ihn behalten und habe alles gelöscht. Jahre später fanden wir uns wieder, er leuchtete immer noch so sauber, obgleich er inzwischen in Berlin lebte. Wir wurden wieder Freunde und kicherten aufs Neue. Manchmal erzählte er mir von einer Frau, die ihm gefiele, und ich ermunterte ihn. Mit Freunden kann man sich neuerlich einlassen, mit dem Rest: Auf keinen Fall.

Wir hatten schon

Meine Tochter war noch recht klein, als wir an einem Sonntag-mittag im Brauhaus Päffgen essen gingen. Holzvertäfelte, säuer-lich riechende Köln-Folklore in der Friesenstraße. Zu jener Zeit, und lange danach noch, aß meine Tochter nach Farbe, was nicht beige war, kam im Grunde nicht in Frage, und so wird sie auch dort wohl Kartoffelpüree mit Weißbrot gegessen haben. Ein paar Tische weiter vergnügte sich ein Filmteam mit Hauptdarsteller. Der Hauptdarsteller trank etliche Gläser Kölsch. Er war berühmt und betrunken, und er kam herüber an unseren Tisch. Du bist aber ein hübsches Mädchen, sagte er zu meiner Tochter, und deine Mama ist auch sehr hübsch. Ich sah ihn an und sagte: Wir hatten schon.

Es war in einer Wohnung am Friesenplatz geschehen, einer sehr großen Wohnung. Oft wurde sie gewerblich als Galerie genutzt, aber alle paar Jahre wohnten Leute privat zur Miete. Der Schau-spieler zum Beispiel. Er war damals der Mitbewohner eines selbsternannten Lebenskünstlers. Den kannte ich ganz gut, und ihn ging ich besuchen. Geschlafen habe ich aber mit dem Schau-spieler in der sehr großen Wohnung. Viel später bin dann ich in diese Wohnung gezogen. Von dort waren wir auch ins Päffgen gekommen. Das habe ich dem Hauptdarsteller nicht erzählt, dann hätte ich ihm den Rest auch erzählen müssen. Man weiß, oder man weiß nicht.

Mein rauschendes Ohr

Monaco ist eine Erfindung des Geldes. Alles kostet und immer zu viel. Häuser mit Meerblick werden errichtet, damit sich höhere, teurer zu bezahlende Bauten vor diesen Blick schieben. Die Hässlichkeit aller Orte und Dinge ist sorgsam erkauft. Altersimpotente Männer werfen begehrliche Blicke auf Achtzehnjährige, und die blicken auf sich blähende Brieftaschen. Hier sparen all jene ihre Steuern, die sich das Sparen sparen könnten, die sich diesen vollgebauten Ort sparen könnten, wenn sie Sinn und Verstand hätten, aber bitte.

Einmal tanzte ich im Jimmyz, ein Mineralwasser kostete dort achtzig Euro, und wenn es ein Scherz wäre, so ist es doch ein wahrer. Ich tanzte, angefüllt mit Substanzen, wie sonst ließe sich eine Monaco-Nacht überstehen. Ich tanzte mit einem Fremden, mein weißes Kleid zu lang, zu eng auch, um es hochzuziehen, die Enge zu beenden. Gefangen im Luxusproblem, tanzte ich mir das Gegenüber schön, den fremden Mann am absurden Ort, und war außer mir in der Enge des falschen Kleides. Ich hätte schwören können, draußen im einsehbaren Außenbereich mit dem in mehrfarbigem Kunstlicht angestrahlten Kunstteich, dort draußen quakten Frösche auf den Blättern der Seerosen, künstliche Frösche vielleicht. Irgendwann beugte sich mein Tanzpartner zu mir und sagte durch das dröhnende Discogestampfe hindurch in mein Ohr, I have a girlfriend, and I love her very much. Das war kein Monaco-Satz. Das hatte etwas mit Anstand zu tun und mit der unterstellten völligen Abwesenheit von eben einem solchen bei mir. Er hatte in das falsche Ohr gesprochen. Mein rauschendes Ohr, als hielte ich es in eine große Muschel, wie wir es früher in den Urlauben mit der Restfamilie getan hatten, wo man diese großen Muscheln kaufte, nicht fand. Ich hatte den Mann mitsamt seiner geliebten Freundin aber gar nicht gekauft. Auch gar nicht kaufen wollen. Ich wollte bloß, dass mein Kleid nicht so eng und das Leben nicht so falsch wäre, wie hier in Monaco, wie früher im Urlaub, wie überall, wo es um Geld geht, wo das Geld sich nicht schämt, jener Selbstzweck zu sein, der es immer ist, ob man es nun hat oder nicht. Es war schön, dass dieser Mann, dessen Gesicht ich nicht erinnere, falls ich es mir überhaupt näher angesehen hatte, seine Freundin liebte, aber was machte er dann dort, bei den Fröschen.

Ich bin ein Tier

Der dicke Produzent sah aus wie eine Kröte. Er saß in seiner Suite im Hotel Carlton. Eingang und Teile der blütenweißen Fassade des Carlton waren mit riesigen Postern von Filmen seiner Firma bedeckt. Viele Festivalgäste wollten mit ihm ins Geschäft kommen. Im Zehnminutentakt ließ der Produzent die Bittsteller vorsprechen und behandelte sie nach Gusto. Er hatte zahllose Schundfilme finanziert, nun wollte er Kunst machen. Ich war zum ersten Mal in Cannes, und so wie im Carlton, so hatte ich es mir immer ausgemalt: nach einem erschummelten Interview zum Bleiben aufgefordert werden, schlechten Manieren eines mächtigen Produzenten beizuwohnen und für eine seiner Geliebten gehalten zu werden, alles Teil der Vorstellung. Geliebte allerdings ein zu feines Wort für das, was die anderen unterstellten. Aber so war es nicht. Die Einladung nach Italien zu Dreharbeiten seiner Filme, mitsamt meiner Freundin Marianne, erfolgte ohne Auflagen. Rom, Neapel, Venedig. Alles bezahlt, alles sauber. So hatte ich oft gewettet, Klischees verkörpern, beleben, ohne sie zu bedienen. Nicht zwingend. In Rom führten wir mit ihm ein großes Interview für eine kleine Zeitung. Das Titel gebende Zitat lautete: Ich bin ein Tier. Zwei Jahre später habe ich dann doch mit ihm geschlafen. Wir trafen uns zufällig in der Lobby des Carlton. Er drehte wieder Schund, die Kunstfilme waren nicht gut gelaufen. Er bedeutete mir zu warten und holte einen Zimmerschlüssel. Ich fuhr mit ihm in ein unbenutztes Zimmer, und wir erledigten das. Ein hidden track gleichsam, nachdem unsere Geschichte eigentlich längst ausgelaufen war. Hidden fuck. Das Unterstellte holt das Unterlassene ein als Wiedergutmachung am Klischee. So etwas dachte ich allerdings nicht, als ich auf die gleißende Croisette hinaustrat. Ich dachte, dass es niemals jemand erfahren würde und es somit auch nicht geschehen war. Und ansonsten war ich auf dem Cannes-Filmfestival, da war jede Menge los.

Doch nicht

Früher hieß es, man solle Kindern gegenüber nicht, Mädchen gegenüber schon gar nicht, Männer als Onkel bezeichnen. Fremde Männer solle man »der Mann« oder »der Herr« nennen, diese Empfehlung fiel zumeist im gleichen Atemzug mit dem Verbot, Süßigkeiten anzunehmen, von niemandem, selbst von Frauen nicht und von Onkels, gar solchen, die sich selbst so bezeichneten, nicht nur nicht, sondern in solch einem Fall solle man sofort weglaufen und jemandem Bescheid geben über das Ansinnen des selbst ernannten Onkels. Seitdem ich ein Kind hatte, nannte ich alle Männer, die etwas von mir wollten oder wollen könnten, Onkels. Mein langjähriger Babysitter Reiner hatte das sofort übernommen. Die anderen Onkels, sagte er regelmäßig zu Männern, die mich abholen kamen, bringen mir immer Süßigkeiten mit. Manchmal sagte er auch Blumen oder Parfüm, und wenn er jemanden besonders blöd fand, fragte er: Können Sie unser Kind auch ernähren? Später wurden Onkels in meinem Sprachgebrauch Männer, die etwas von Frauen wollen, die wiederum nichts von ihnen wollen, und Exfreunde, für die ich mich im Nachhinein schämte. Als meine Tochter von der Pubertät erfasst wurde und es wieder einen Mann mit Verfallsdatum gab, fragte ich sie, ob es blöd für sie sei, die Sache mit den Onkels, ob sie gerne beständigere Verhältnisse erlebt hätte. Schon in Ordnung, sagte sie, rasch und fest, aber ich werde es anders machen.
Das war ein sehr großzügiger Satz von einem recht kleinen Mädchen, aber anders machte sie es später, als sie es gekonnt hätte, weil sie kein so kleines Mädchen mehr war, dann doch nicht.

Nicht die Wange

Frederic Meyer kam in die Baby Doll Lounge, als mein Auftritt begann. Er verliebte sich in mich, und das unsterblich. Ich ging nach der Schicht mit ihm, dem drahtigen kleinen Mann, weil ich damals eigentlich mit jedem mitging. Ich war neunzehn und Gogo-Girl, und mir ging es gut. Er nahm mich mit ins Ehebett, seine Frau war verreist. Es klappte nicht, das war aber egal. Mir jedenfalls. Fortan wurde er, was meine Freundinnen Annette und Anna die längste Zeit best boy nannten, und im New York der frühen Achtziger konnten drei Partymädchen einen kleinen geschickten Handwerker gut gebrauchen. Frederic rettete unsere Katze Warhola aus einem Kellerschacht, setzte uns auf die Gästelisten der tollsten Clubs und chauffierte uns herum. Näher sollte und näher wollte er mir nicht mehr kommen. Annette und ich kehrten beizeiten zurück nach Köln, auch Anna blieb nicht ewig. Frederic vergaß mich nie, schrieb oft und rief mich regelmäßig an. Er ging eine weitere Ehe ein und ließ auch die scheitern. Jahre später wechselte er nach Köln. Mir schien das ein wenig übertrieben. Er jedoch begnügte sich, wie seinerzeit in New York, damit, meinen Freundeskreis zu verwalten, der schon lange nicht mehr der meine, dafür aber umso mehr der seine war. In dritter, deutscher Ehe nahm er schließlich Anna zur Frau, meine kleine, schwarzhaarige, sehr andere Freundin Anna, die während der New Yorker Jahre für ihn keinesfalls eine tragende Rolle gespielt hatte. Die Hochzeit ersparte ich mir, redete fortan kaum mehr mit ihm und auch nur selten mit Anna. Zum Gruß reichte ich ihm bei den gegebenen Anlässen, Weihnachten, Beerdigungen oder Geburtstage, die Hand, nicht die Wange. Er war sehr nett, bestimmt, und wir kannten uns lange, aber das ging zu weit. Er hungerte nach meiner Zuneigung, aber er war so etwas wie Familie geworden, und deren Hunger stillte ich nicht. Meine Tochter war Annas Patenkind. Sie ließ sich bereitwillig von ihrem neuen Onkel auf die Wange küssen, sie duldete es, und sie duldete ihn, und dann ging sie tanzen und behandelte ihre eigenen Verehrer, wie sie es für richtig hielt.

Spam

Ich war einmal mit einem impotenten Mann zusammen. Ich konnte es kaum fassen, es hatte etwas Rührendes zunächst, etwas Keusches auch, aber allmählich begann es doch, absurd zu werden. Wie der Verlust eines Schlüssels, den man an der Haustür bemerkt. Man mag nicht glauben, dass es allein ein winziges Stück Metall sein kann, das Drinnen von Draußen trennt. Bevor ich ihn kennenlernte, hatte ich die Einstellung meines Spamfilters korrigiert. Zu viele wichtige Mails waren durchs Raster gefallen. Die erschienen nunmehr wieder vollständig auf meinem Monitor und mit ihnen Werbemails für Viagra, eine um die andere. Ich las ganz genau, was sie mir mitzuteilen hatten. Wie der Betreffende zwei Pillen nahm und wie er, derart präpariert, seine Geliebte sechsmal am Stück glücklich mache, für seine Frau dann aber eine halbe ausreiche, er beschrieb Härtegrad, Verweildauer und so weiter und so fort, alles über das beste Stück. Nach einer Weile waren das keine Spammails mehr, sondern Kommentare zu unserer nächtlichen Absurdität. Sie waren direkt an mich gerichtet, diese Botschaften. Zu guter Letzt bat ich meine Freundin Stella, ihre Dealerkontakte zu aktivieren, um mir eine Viagra-Tablette zu besorgen. Ich wollte sie ihm zu Silvester unters Hirschgulasch mengen. Zwei Tage vor Weihnachten verließ er mich jedoch, weil ich inhuman und reflexionsfrei sei. Ich setzte umgehend die Spamfilterstufe herauf. Fortan gelangten keine weiteren Viagra-Botschaften durchs verengte Raster, und als er einige Wochen später begann, mir erneut zu schreiben, endeten auch seine Mails ungelesen im Spambericht des folgenden Tages.

Selbst gemacht

Lange schon hatte ich in gewissen Bars gearbeitet, die ersten zwanzig, vielleicht dreißig Männer gehabt oder sie mich, am wahrscheinlichsten aber niemand den anderen, da habe ich es entdeckt. Ich war zweiundzwanzig und wohnte mit Annette in Köln-Sülz. Das Bett aus meinem Jugendzimmer hatte ich mitgenommen, das Holz des Gestells, auf dem die grün-rot karierte Matratze lag, war inzwischen gold gestrichen. Es war ein schmales Bett, aber für mich reichte es, und die gelegentlichen Gäste sollten es nicht zu gemütlich haben. Ausgehen war ohnehin das Gebot der Abende und Nächte, ins Typhoon zum Beispiel. Hauptsache, jeden Abend. Eines noch zu frühen Abends lag ich wartend auf meiner Jugendzimmermatratze und hörte Eric Burdon. »San Francisco Nights« setzte ein, ein kurzes Stück, knapp drei Minuten lang. Ich berührte mich und fand einen Punkt. Er kam mir vage bekannt vor von Rubbeleien mit dem ersten Freund, die Flecken auf seiner geschlossenen Jeans hinterlassen hatten. Aber nun war er meiner, und ich rieb ihn sanft, neugierig, forschend, fordernd. Dann passierte es, kurz bevor Eric gegen Ende des Liedes fragte: Does the American dream include indians too?, also bei circa 2:50. Ich kam ins restliche Gedudel und stellte den Tonarm zurück auf den Anfang: strobe light beams, creates dreams. Nichts war mir so egal wie der Text, der Sound, das Einzige, was zählte, war, dass es passiert war. Selbst gemacht, die erste, die zweite – ich konnte es kaum fassen, so ein Glück. Ich wählte ein türkisgrün gemustertes Sixtieskleid mit passendem Mantel und ging ins Typhoon tanzen. Ich bin gekommen, sagte ich strahlend zu meinem besten Freund. Der verstand mich nicht, er war einer der zwanzig, dreißig gewesen. Jetzt war die Welt anders, bei Tag und bei Nacht. Ich war gekommen, jetzt gab es ein Gefühl zum Wort, zu den »Bravo«-Texten, den Flecken, den gierigen Blicken in den Bars. Jetzt wusste ich, worum es ging. Und ich hatte es selber gemacht. Mit Eric Burdon vielleicht noch. Aber der wusste nichts von meinem Glück.

Ça va

Klaus Savin saß im Alcatraz und kritzelte ein Stück Papier voll. Er war gerade Schriftsteller. Ich ging noch zur Schule und fragte nach einem Job in der Kneipe von Captain Terror, wie sich der Besitzer seinerzeit nannte. Der war eigentlich Künstler und hatte für eine Performance hohe, schmale Gitterkäfige an den Wänden seiner Kneipe installiert. Kellnerinnen hatte er genug, aber er brauchte jemanden für die Käfige. Nackt natürlich. – Natürlich. Es war ein bisschen eng im hochkantigen Käfig, besonders die Brüste pressten eng gegen die kleinen Quader der Vergitterung. Bewegen konnte man sich ohnehin nicht. Klaus fütterte mich mit Schokoladenstückchen. Er war schmal und hübsch und von wohltuender Harmlosigkeit. Ich behandelte ihn auf eine Weise schlecht, die uns beiden gefiel. Er durfte mir zusehen, wenn ich mich berührte, und er tat Dinge für mich. Ich liebte die flachen goldenen Quader, in die Yves Saint Laurent seine Kosmetik abfüllte. Klaus brach in ein YSL-Depot ein und stahl Tausende Produkte, die er bei Kerzenlicht in meinem Zimmer zu einem Altar goldglänzender Verehrung arrangierte. Auf Jahre schmückte der Vorrat die Badezimmer meiner wechselnden Wohnungen. Später wurde Klaus wie so viele andere auch Künstler, man duldete den sanften, leicht verstörten Jungen gerne in der harten Szene. »Ça va« nannten sie ihn, der sich doch aussprach wie der Wein. Jahre malte er an Bildern von Fliegenpilzen und Pferden; die Motive hatte er von einer Holzkiste aus Kindertagen übernommen. Schicht um Schicht trug er den Lack auf, viele Monate lang. Immer erzählte Klaus von dem Bild, das er malte, und immer war es das gleiche Bild.

Yves Saint Laurent starb 2008, sein Lebensgefährte hat die gemeinsame Kunstsammlung ein Jahr später versteigern lassen. Meine Sammlung Goldtöpfchen war da längst aufgebraucht. Aber ich konnte sie nachkaufen, überall.

Mitarbeitertarif

Nach einer Parfümerieverkäuferin sah Ute nicht aus. Die Krause war durchgeschlagen, die Zähne waren schadhaft, und ihre sonnenbankbraune Haut hatte Pigmentstörungen. Dafür war sie kölsch und munter. Sie hieß Schmitz, wie so viele in Köln, lernte ihre Männer beim Kölsch in der Kneipe kennen oder beim Kölsch auf Mallorca. Viele Jahre arbeitete sie in meiner Stammparfümerie. Zunächst plauderten wir nur, bevor sie begann, mir mehr als die üblichen ein oder zwei Pröbchen zu geben. Nach einer Weile verschwand sie mit einer Tüte im Lager und füllte sie randvoll mit Werbegeschenken. Zu guter Letzt kam sie mich zu Hause besuchen und schenkte mir Restbestände meiner Lieblingsmarken. Wir tranken Weißwein und passten nur mühsam in ein gemeinsames Gespräch. Ute wechselte zu einer anderen Parfümerie weit unten im Kölner Süden, und ich wechselte zu Marken, die ihr Haus ohnehin nicht führte. Jahre später gab es dann doch auch bei ihrer Firma diese Sachen, in einer Filiale zumindest. Und genau dort gab es auch wieder Ute. Sie freute sich unbändig, mich zu sehen, und hatte sofort einen neuen Freundschaftsdienst parat: Sie nahm meine EC-Karte, gab ihren Code in die elektronische Kasse ein, und ich zahlte Mitarbeitertarif. Sie fragte nicht mehr, ob wir uns ansonsten mal sähen. Wir plauderten am Ausgang, blickten durch die voll verglaste Ladenfront auf die Geschäftigkeit der vor uns liegenden Fußgängerzone, bis ich mich aufmachte, mit meiner Creme zu ihrem Preis.

Ohne Sekte

Mit einem Mal bekam ich von einer Reihe meiner alten, also eigentlich gleichaltrigen, Kölner Freundinnen seltsame Anrufe. Da hatte ich mich bereits jüngeren Freundinnen zugewandt, weil ich ausgehen und mit Jungs diskutieren und das Gestern nicht vors Jetzt schieben wollte. Ums Gestern ging es auch bei den Telefonaten mit den alten Freundinnen. Sie entschuldigten sich bei mir für Dinge, an die ich keinerlei Erinnerung hatte, Verletzungen, Zurückweisungen, Missverständnisse. Ich sagte freundlich, schon gut, und wunderte mich über den Eifer ihrer Selbstanklage. Später bekam ich mit, dass die eine oder andere Sekte dazu ermuntert, mit vergangener Schuld aufzuräumen, sich zu erinnern und zu entschuldigen. Ich verfluchte einmal mehr meine Generation, die zwischen Ehrgeiz und Esoterik keinen groove gefunden hat, und ging in Berlin tanzen. Nur mal so dachte ich aber doch darüber nach, wofür und bei wem ich mich zu entschuldigen hätte, auch ohne Sekte, und mir fiel etwas ein. Vor wirklich sehr langer Zeit hatte ich meine Freundin Anna in ihrer kleinen, an einer Schnellstraße gelegenen Wohnung besucht. Sie kellnerte wieder, wie sie es Jahre zuvor bereits in New York getan hatte, und bewahrte in ihrem schwarzen Kellnerinnen-Portemonnaie unzählige Fünfmarkstücke auf. Ich sah hinein und nahm eins heraus, als sie in der Küche Kaffee zubereitete. Noch während des gemeinsamen Kaffeetrinkens zählte sie ihre Fünfmarkstücke nach. Sie bemerkte es sofort. Ob ich eines genommen hätte. Ich verneinte lichterloh. Sie zählte noch einmal, fragte erneut, ich verneinte wieder. Anna war sehr sparsam, ich war es nie. Sie war überhaupt ganz anders als ich. Ich habe zum Hörer gegriffen und Annas Nummer gewählt. Sie fragte nach einem kurzen Moment der Überraschung, was diese und jene so mache, erzählte von tollen und weniger tollen Filmen, die sie gesehen hätte, und sagte am Schluss: Schön, dass du angerufen hast.

Herzdamen

Frau Lochner wollte sich unbedingt mit mir treffen. Sie war sehr aufgeregt. Haben Sie sich verliebt?, fragte ich sie im Café. Ach was, winkte sie ab, der Zug ist abgefahren. Das war er bereits, als wir vor vielen Jahren im gleichen Haus in der Bismarckstraße wohnten, Frau Lochner, ihr Mann und ich. Ihre Tochter war damals bereits aus dem Haus und Frau Lochner auf der Suche nach mehr, als nur älter zu werden und fernzusehen. Frau Lochner war begeistert und wollte mich begeistern, endlich einmal hatte auch sie mir etwas Spannendes zu erzählen: Es ging um Frauen, um interessante Frauen, nicht die ihr seit Jahrzehnten bekannten Kegelschwestern aus dem Belgischen Viertel, von denen ihre Tochter einige Tante nannte, obwohl sie das gar nicht waren. Nein, interessante Frauen aus interessanten Vierteln: Künstlerinnen, Ärztinnen, Lesben. Neue Orte, neue Begegnungen. Ich wusste immer schon, wie gerne Frau Lochner etwas erlebte, aber ich staunte über diese freudige Erregung. Doch sie waren verflucht, diese Treffen. Sie standen im Dienste jenes Schneeballsystems, das alle paar Jahre unter neuem Namen die Runde machte. In ihrer Variante waren es zweitausend Euro, die jede Frau zu investieren hatte, um am unteren Ende der Betrugspyramide zu warten, allmählich aufzusteigen und am Ende ganz oben zu stehen und das aufgelaufene Geld der vielen, ihrerseits unten Wartenden, geschenkt zu bekommen. Die finale Schenkung bei den Frauentreffen wurde jedes Mal aufwendig gefeiert, unter Herzdamen. Frau Lochner zahlte heimlich ein, ohne dem Mann davon zu erzählen. Auch mich wollte sie gewinnen, glücklich machen, wie sie es war. Und reich, wie sie es werden würde, mit der Zeit, in diesem Spiel. Gier und Großzügigkeit zersetzten gemeinsam die Besonnenheit der Rentnerin. Später stand im »Kölner Stadt-Anzeiger«, den Frau Lochner seit Jahrzehnten abonniert hatte, etwas über die betrügerischen Umtriebe der sogenannten Herzdamen, zunächst widersprach sie noch Details, später erzählte sie mir, es gebe eine Sammelklage, der sie sich eventuell anschließen werde. Es war nicht das verlorene Geld, das sie schmerzte, nicht in erster Linie. Ganz vorne stand die Zurückweisung durch das Leben an eine siebzigjährige Frau, die seither noch mehr fernsah und noch weniger träumte.

Nimm du ihn

Ins Omen kamen Leute, denen ich sonst eher nicht begegnete: Tankstellenbetreiber, Metzger, Männer von der Versicherung, bisweilen ein bisschen Halbwelt. Sie tranken sich die Verkäuferinnen und Reisebürokauffrauen schön. Und sie bestellten Flaschen, meist Ballantine's oder Johnny Walker, die dann mit einem kleinen Namensaufkleber versehen wurden und bis zum nächsten Mal stehen blieben. Bei manchen hielt die Flasche sehr lang, andere bestellten für die schön zu trinkenden Damen Sekt oder Champagner, dem diese mit kleinen, bunt umwickelten Holzquirlen die Kohlensäure auszwirbelten. Wenn es was wurde, kehrten die Damen bisweilen mit MCM-Taschen ins Omen zurück, oftmals allerdings hatten sie sich die auch selbst gekauft. Ich stand hinter der Theke, ließ mir viel erzählen und wurde weitgehend in Ruhe gelassen. Wenn Mike, der Discjockey, ordentlich getankt hatte, regelte er zur fortgeschrittenen Stunde schon einmal beim Medley »Stars on 45« den Ton herunter und kreischte: Wollt ihr den totalen …?, worauf die Gäste auf der Tanzfläche jedes Mal ausgelassen zurückbrüllten: Krieg! Krieg! Krieg!, bevor es weiterging mit Ententanz und Polonäse Blankenese. Für Rihanna war der Job im Omen ein Aufstieg. Blumen-Helga hatte ihn ihr vermittelt, eine rundliche blonde Frau im Dirndl, die Blumen verkaufte, bevor die Asylbewerber es taten. Blumen-Helga verkaufte ihre Sträuße auch in den härteren Bars. Von dort hatte sie, die eigentlich kaltherzige Person, blondgezopft im Dirndl, Rihanna ins Omen empfohlen. Rihanna war halb irisch, halb australisch. Ihr rotes Haar reichte bis zum Po, ihr irischer Vater war Literaturwissenschaftler und wenig begeistert vom Lebenswandel seiner Tochter. Wir verstanden uns gut. Hinter der Bar klebten wir gemeinsam Namensschildchen auf Whiskyflaschen. Dann kam Ricky. Er trug seine Miniplilöckchen mit Pony, die Schlangenlederstiefel mit Absatz und erzählte von den Pferdchen, die er laufen habe. Ich fand ihn lustig. Das mit den Pferdchen liefe nicht gut, ihm fehle die nötige Härte, erzählte er uns. In der Nacht auf meinen Geburtstag klingelte es spät. Ricky stand in der Tür, eine große rosa Schleife um den Hals. Rihanna hatte es gut gemeint, aber ich war sehr müde. Nimm du ihn, sagte ich und schlief weiter. Das tat sie auch und versuchte sogar, aus dem Zufall eine Beziehung zu basteln. Es wurde nichts draus. Ricky wandte sich der Kleinkriminalität zu, und Rihanna ging zurück nach Australien. Das Omen schloss seine Pforten, aber Jahre später noch traf ich die ehemaligen Gäste regelmäßig auf der Straße. Die Namen erinnerte ich nicht in jedem Fall, welche Flaschen es seinerzeit waren, hingegen schon.

Schweigepflicht

Evelyn lernte ich als meine Nachfolgerin kennen. Sie stand in der Tür, als ich unangemeldet die letzten Sachen aus der Wohnung meines Liebhabers abholen wollte. Ihre Unterarme waren bis zum Ellbogen mit einer grünen Paste überzogen, sie knetete gerade einen Kräuterteig und war sehr schön. Meine Tochter schrie: Wo ist Papa? Es war ein Probesatz über einen Mann, den sie zuvor niemals für ihren Vater gehalten hatte. In der Küche hingen an der Wand, vor der die neue Frau den Teig knetete, Photos, auf denen ich abgebildet war. Er hatte ihr viel von der Frau auf den Photos erzählt. Evelyn hatte damit kein Problem, mit meiner Anwesenheit auch nicht. Wir wurden Freundinnen, während meine Tochter weiter nach Papa suchte. Es war nicht der Mann, der uns verband, sondern das Wissen um seine fehlende Bedeutung für unser beider Leben. Sie blieben eine Zeit lang zusammen, Evelyn und mein alter Liebhaber, während der sie allmählich berühmt und schließlich ungeplant schwanger wurde. Der Arzt, der ihren Abbruch vornahm, brüstete sich am Stammtisch mit intimen Details über seine prominente Patientin. Ich bekam es per Zufall heraus und meldete der Ärztekammer den Verstoß. Evelyn hat nie etwas davon erfahren. Es ging nicht lange gut mit ihr und meinem alten Liebhaber, von dem ich meinerseits auch schwanger gewesen war. Das hatte ich ihm nie offenbart, ich wollte ihn ja so oder so verlassen. Der Arzt, der meinen Abbruch vorgenommen hatte, brachte sich später um. Warum, hat auch nie jemand erfahren.

Herrentoilette

Um die Jahrtausendwende bebte Berlin, und wir, die mitbebten, strömten hin, die Stadt und uns zu bestaunen. Wir nahmen uns Berliner Zweitwohnungen, borgten uns von der Stadt ein Zweitleben und ließen die Pubertät noch einmal kommen. Meine Freundin Lili und ich hatten in Köln eine Wette abgeschlossen: Wer in der Hauptstadt zuerst beim fünften Mann ankäme, hätte gewonnen. Lili führte rasch zwei zu null, dann holte ich auf. Einmal besuchten wir einen sogenannten Medienstammtisch, irgendwo, weit abseits unserer Viertel, es ging dort ums Geschäft, aber wir brauchten kein Geschäft und liefen davon in die Nacht, fanden keine Bahn, kein Taxi, nur eine abgewrackte Kneipe. Wir traten hinein, um die Toilette zu benutzen. Für Damen gab es nur ein WC, wir aber hatten es eilig, und so nahm ich die Herrentoilette. Lili und ich kehrten zeitgleich zurück in den Schankraum. Atemlos, aufgeregt. Die ältliche Bedienung einer Handvoll Alkoholiker blickte uns kurz an. Auffer Jagd, wa?, fragte sie und wandte sich ab. Wir lachten und rannten in die Paris Bar, wo Lili auf einen Regisseur und ich auf einen Verflossenen traf. Der Regisseur war blöd, hatte einen blöden Pullover an und einen blöden Namen. Mein Verflossener war betrunken und beschimpfte den Blödmann als Blödmann, bevor er Lili fragte, was sie in der Nacht noch vorhabe. Es war alles peinlich, aber peinlich gibt es ja nicht. Wenigstens hatte ich das meiner Tochter so beigebracht. Lili und ich gingen in die nächste Bar. Der komische Regisseur tauchte auch dort auf. Entweder der Alkohol machte ihn sensibel, oder er war ein guter Regisseur. Auf jeden Fall erwischte er den einen, den einzigen richtigen Dreh. Er bat um nichts, sondern gab eine Regieanweisung, sagte, dass ich in die Herrentoilette zu gehen hätte, nicht abschließen dürfe und auf ihn warten müsse. Ich folgte. Bevor er hereinkam, hatten nacheinander zwei Männer die unverschlossene Tür geöffnet. Ich schickte sie fort. Peinlich gibt es ja nicht. Nachher wollte der Regisseur meinen Slip behalten, aber der war neu, aus hellblauer Seide und hatte hundert Mark gekostet. Das war der Mann nicht wert. Nun bettelte er doch. Nee, sagte ich, zog den Slip hoch und ging zurück an die Bar. Neben meinem Drink lag eine Serviette, auf der mit Kugelschreiber in großer Schrift stand: »3:2« – und ein lustiger Gruß. Lilis Nummer drei wurde ihr Mann fürs Leben. Sie blieben zusammen und bekamen zwei Kinder. Ich hatte die Wette also gewonnen. Wir sind Freundinnen geblieben, Lili und ich, aber wir gingen nachts nicht mehr so lange aus.

Peinlichstes Lieblingsstück

Auf Spex-Partys gingen wir früher gern. Sie fanden im Alten Wartesaal statt, der Disco im Kölner Hauptbahnhof. Die ersten Jahre gab es Tanzwettbewerbe. Überhaupt tanzten fast alle die ganze Zeit auf diesen Partys, und es ging endlich auch einmal nicht so sehr darum, wer jetzt warum peinlich war. In der einmal jährlich durchgeführten Leserumfrage nach den Jahresbesten in diversen musikalischen Kategorien wurde, ganz zuletzt, immer nach dem peinlichsten Lieblingsstück gefragt. Von denen wurden dann auf den Partys etliche gespielt, es waren die einzigen, die jeder kannte. Einmal gab es sogar ein Motto auf der Spex-Party: die siebziger. Das war, lange bevor Siebziger-Jahre-Partys peinlich wurden. Ich musste mich im Grunde gar nicht verkleiden, um dem Motto zu entsprechen. Den schwarzen Lurexoverall, ärmellos, rückenlos und insgesamt überhaupt eher stoffarm, trug ich auch sonst gern und silberne Plateausandalen sowieso. Nur mein Haarteil war etwas Besonderes, eine Ausnahme. Es handelte sich um einen sehr vollen, langen blonden Zopf. Mit Dutzenden Haarnadeln fixiert, sah er aus wie angewachsen. Derart lange Haare hatte ich nie gehabt, der Zopf pendelte bei jeder Kopfbewegung den bloßen Rücken entlang. Wieder wurde viel getanzt, bis der Wettbewerb um das beste Kostüm ausgelobt wurde. Ich kam unter die letzten zehn. Wir nun mussten auf der Bühne etwas vorführen. Irgendetwas. Es wurde gesungen, rezitiert, akrobatische Einlagen gezeigt. All das konnte ich nicht. Ich hatte nichts. Dann kam die Reihe an mich, dabei hatte ich immer noch nichts. Aus lauter Ratlosigkeit zog ich mir vor versammeltem Publikum mit einem festen, schmerzhaften Ruck das Haarteil aus der Vernadelung. So stand ich da, mit einem Zopfstummel auf dem Kopf aus dem verbogene Haarnadeln herausstaken, und einem prachtvollen Zopf, den ich wie einen abgeschlagenen Kopf der Menge vorhielt. Eine sehr kurzhaarige Filmemacherin, die mir beizeiten Unemanzipiertheit vorgehalten hatte, fragte, ehrlich betrübt, warum ich denn die tolle Frisur zerstört hätte. Das Ende der Kostümierung als Showeinlage war ein bisschen zu viel Konzept, selbst für die Spex. Ich habe die Party dann verlassen, als es wieder losging mit den Lieblingsstücken.

Männerwohnheim

Als ich noch wirklich jede Nacht ausging, stand oft Max am Tresen. Im Blue Shell zum Beispiel. Oder im Peppermint. Aus dem Peppermint wurde später ein Imbiss. Das Blue Shell behielt jahrzehntelang Namen und Einrichtung bei, bis sich dort die nächste Generation blau beleuchtet vor dem Nachhausegehen drückte. Max lebte im Männerwohnheim, er hatte ein Gebiss, das ihm beim Lachen herausfiel. Und er lachte viel. Am liebsten über seine Max-Witze, die er selbst so nannte und die sich durch das absolute Fehlen einer Pointe auszeichneten. Wenn es regnet, wird die Bank nass, war so ein Max-Witz. Er trank immer Kölsch, das er nie bezahlte. Das ging in Köln und nur in Köln und nur in jenen Jahren und nur für ihn. In einer Kneipe aus der Zeit vor meiner Zeit hing ein Ölbild an der Wand, das Max mit wehendem Haar auf einer Harley abbildete, es trug den Titel »Easy Max«. Manchmal kam er mich zu Hause besuchen und brachte als Geschenk irgendetwas vom Sperrmüll mit. Er legte stets eine Plastiktüte aufs Sofa, bevor er sich mit seiner urinstarren Hose draufsetzte und Dinge erzählte. Nüchtern war er schüchterner und ohne Max-Witze. Es war Annette, die mir Jahre später die Nachricht von Max' Tod überbrachte. Hast du schon gehört, fragte sie. Gemeinsam gingen wir zur kommunal finanzierten Beerdigung auf den Melatenfriedhof. In der ungeschmückten Trauerhalle verliefen sich ein paar Wirte und Gäste aus den alten Kneipen. Eine Rede hielt niemand, Verwandte gab es nicht, dafür einen Nachnamen auf der Schleife des einzigen Kranzes. Max hieß Merkelbach. Wir waren alle ein bisschen ratlos, aber wir waren gekommen.

Auf Socken

Onkel Franz war der jüngste Bruder meiner Mutter. Er malte und zeichnete gern. Man nannte das damals eine künstlerische Ader und empfahl ihm eine Dekorateurslehre. Er lernte beim Herrenausstatter Weingarten am Friesenplatz, und dort blieb er. Manchmal, wenn ich mit meiner Mutter in die Stadt fuhr, sahen wir ihn auf Socken im Schaufenster Puppen ankleiden. Onkel Franz wandte sich nach und nach dem Alkohol zu. Er feierte oft krank, verlor seine Frau, den Respekt seiner Söhne und zuletzt seine Anstellung. Der junge Weingarten absolvierte zur selben Zeit wie mein Onkel Franz seine Lehre in der elterlichen Firma. Sie waren gleich alt, der designierte Juniorchef und der Dekorateur. Sie duzten sich und tranken bisweilen ein gemeinsames Kölsch. Während mein Onkel sich der Selbstzerstörung zuwandte, baute der Junior das Traditionsunternehmen aus. Zu dem großen Herrenladen gesellten sich weitere Geschäfte mit neuen Konzepten. Ein Laden für Übergrößen sorgte am Friesenplatz für dauerhafte Präsenz fettleibiger Männer, die ihre massigen Körper in Richtung Kundenparkplatz wuchteten. Im Alter von neunundvierzig Jahren fand man meinen Onkel tot in seinem möblierten Appartement im Kölner Norden. Er kniete mit abgesunkenem Kopf vor dem unberührten Bett, wie zum letzten Gebet. Dem zum Seniorchef avancierten Junior gehörten da längst nicht nur die Läden, sondern auch die meisten Häuser, in denen sie sich befanden. So auch das schöne, alte Haus mit Türmchen und Erkern und einer riesigen Wohnung. Die kannte ich von früheren Männern. Als ich hörte, dass sie frei würde, rief ich Herrn Weingarten an. Seine Wohnungen waren ihm, im Gegensatz zu seinem Geschäft, total egal. Klar können Sie die haben, sagte er, ohne nach Referenzen zu fragen. Über meinen Onkel sprachen wir nur kurz, schrecklich, murmelte er. Ich zog ein und sah den früheren Junior fortan jeden Tag zackigen Schrittes an seinem Friesenplatz zwischen den vielen Geschäften und den dicken Kunden hin und her eilen.

Mit den Jahren zog es Penner und Junkies an den von Straßen zerschnittenen und, bis auf unser Haus, auch sonst recht hässlichen Platz. Manchmal lagen sie mit heruntergelassenen Hosen und Spritzen im Bein in den Eingängen von Weingartens Geschäftshäusern. Schrecklich, murmelte er wieder, als wir über das augenfällige Elend sprachen. Bisweilen fragte ich mich, ob sich mein Onkel, wenn er nicht gestorben wäre, zu den Pennern gesellt und vor den Fenstern niedergelassen hätte, die er einst auf Socken dekoriert hatte. Wer weiß. Ich verließ die Wohnung und den Platz nach zehn Jahren, und Herrn Weingartens Tochter übernahm die Geschäfte, in vierter Generation.

Der schönste Mann von Köln

Mit meinem Freund Horst bildete ich eine WG am Friesenwall. Wechselnde Dritte kamen dazu, die längste Zeit blieb der Frosch. Den Namen verdankte er einer Performance im Alcatraz mit dem Titel »Mehr Tierversuche für den toten Frosch«. Der Frosch war immer pleite, ging jeden Morgen im Käsehaus Wingenfeld ein Glas Kefir trinken und hatte mal einen Nummer-eins-Hit. Wenn uns der Strom abgestellt wurde, legten wir Verlängerungskabel in die Wohnung befreundeter Nachbarn und gingen ansonsten unserer Wege der Lebenskunst oder dessen, was wir jeweils dafür hielten. Einmal kamen wir auf die Idee, unsere drei Mütter einzuladen. Die Männer waren jeder von ihnen auf die eine oder andere Weise abhandengekommen. Es wurde ein wundervoller Abend, Horst kochte, das konnte er gut. Seine Mutter war die Älteste, sie sah nicht mehr gut, hatte immer hart gearbeitet. Als der erste Sohn unehelich geboren wurde, stand sie Stunden nach der Hausgeburt wieder im Laden hinter der Theke. Froschs Mutter, eine gepflegte Polin, dolmetschte am Gericht und wahrte Anstand. Meine Mama, fröhlich und aufgeschlossen, hatte großen Spaß. Den hatten wir alle. Anekdoten flogen über den Esstisch. Ich erzählte von Romana-Schuhe in der Fußgängerzone, einem zweistöckigen, voll verglasten italienischen Schuhhaus. Dort arbeitete ein großer, schlanker Italiener mit im Laufe der Jahre sanft ergrauten, weichen Locken. Den gingen meine Mutter und ich jedes Mal angucken, wenn wir in der Stadt waren, den schönsten Mann von Köln. Und nicht nur wir, stellte sich heraus, auch meine Mitbewohner wurden seinerzeit vor die Auslagen gezerrt, damit ihre Mütter starren konnten. Später verkaufte der Italiener überall in Köln Kleider aus dem Kofferraum seines Wagens. Ab und zu posierte er für Prospekte des Herrenausstatters Weingarten am Friesenplatz. Einmal sprach er mich auf der Straße an und fragte, ob er mich nicht zum Abendessen einladen könne, ich sagte ja, des Mütterabends wegen, aber als er zum vereinbarten Zeitpunkt an meiner Tür klingelte, habe ich nicht aufgemacht.

Auch tot

Mir war es immer egal, wo und mit wem ich wohnte, bis ich auf eine Wohnung in der Bismarckstraße traf, die mir etwas bedeutete. Ich blieb neun Jahre bei ihr. Auf meiner Etage wohnte Werner Schmitz, sein Bruder Wolfgang und er hatten gemeinsam eine Disco in der Nachbarschaft betrieben, als ich noch zur Schule ging. Da hatten wir frei trinken, Annette und ich. Dabei tranken wir nicht. Nacht für Nacht, und wir waren jede Nacht dort, tranken wir Cola und fielen auch deswegen auf. Wolfgang arbeitete später im Sex Shop am Ring, dort ging ich Geld wechseln, wenn meine Schicht in der benachbarten Disco, dem Omen, begann. Zur Bismarckstraßen-Zeit gehörte ihnen ein Getränkehandel. Ihre Mutter half dort aus, sie wohnte auch im Haus und war sehr nett. Beinah über Nacht wurden ihre Haare weiß, und sie starb wie im Zeitraffer. In die Wohnung zog Familie Struck, er war dünn und blond, viel älter als sie und wenig sympathisch. Er arbeitete bei Weingarten am Friesenplatz und trank, wie mein Onkel Dieter trank, der ja auch bei Weingarten war und später am Suff starb. Herr Struck aber starb an Krebs, und es zog sich lange hin. Dass er unheilbar krank war, wussten wir alle in unserem sehr gepflegten, von Frau Wientrop verwalteten Haus. Frau Wientrop hatte einen Hund zu viel und war spiritistisch zugange, hieß es. Vor allem war sie mal mit dem Besitzer des Hauses zusammen gewesen, der einst in der Wohnung wohnte, die dann die meine wurde. Den Verwalterjob bekam sie als Abfindung, eine neue Nase ließ sie sich zwischendurch auch mal machen. Man sah das, auch das mit Herrn Struck war augenfällig, er magerte mehr und mehr ab. Als es schon schlimm mit ihm war, fuhren wir zusammen im Aufzug. Ich war verlegen und schwieg. Er starb kurz darauf, seine Frau fand schnell einen andern und zog fort. Frau Mulack war nach dem Tode ihres Mannes in der großen Wohnung unter mir geblieben, sie war eine feine alte Dame, und ich mochte sie sehr. Beide mochten wir Alexandra, die Sängerin mit der traurigen Stimme, die im Alter von sechsundzwanzig Jahren bei einem Autounfall ums Leben gekommen war. Frau Mulack wurde sehr alt, fast neunzig Jahre, bevor sie friedlich aus dem Leben schied. Von Frau Mulacks Tod erzählte mir Frau Lochner, sie sah mit über siebzig noch toll aus und lachte viel, auf mädchenhafte Weise. Sie war, neben Frau Wientrop, die letzte verbliebene Mieterin. Die restlichen Wohnungen waren in Eigentum umgewandelt und aufwendig saniert worden. Das Belgische Viertel war beliebt. Meine alte Wohnung wurde von einem Architekten gekauft, er hatte Balkone angebracht, Wände rausgerissen, das Übliche. Alles habe viel Lärm gemacht, sagte Frau Lochner. Ich habe mir das öfter angeschaut, von außen, die neuen Namen auf der neuen Kingelanlage, die Balkone. Ich war ja wieder ganz in die Nähe gezogen, ging seitdem auch meinen Wein wieder bei Heinz im Weinhaus Recher unten in meinem ehemaligen Wohnhaus kaufen. Dort hatte er mir immer Witze erzählt, oft eine Weinprobe vorgeschlagen und manchmal auf meine Tochter aufgepasst. Im Laden war er aber seit meiner Rückkehr nicht mehr anzutreffen. Nach einer Weile fragte ich seine Frau Maria, wo er denn stecke, der Heinz, ich hätte ihn so lange nicht gesehen. Heinz, so erfuhr ich schlussendlich, der war inzwischen auch tot.

Frau Wientrop sah ich bisweilen mit neuem Hund und alter neuer Nase über den Platz vor meinem Haus spazieren. Sie haben sich gar nicht verändert, sagte sie dann gern. Sie aber auch nicht, gab ich jedes Mal zurück.

Mogelpackung

So schön ist die auch nicht. Diesen Satz habe ich oft über mich gehört. Wenn andere mich ankündigen als etwas, das ich nie behauptet, aber immer gewünscht habe zu sein. Ihre Verheißung formt eine Erwartung bei jenen, die mich dann nach Belieben einstufen können, meinen Abstand vermessen; den Abstand zu den mehr und den weniger Schönen. Eine Frau ist immer nur vergleichsweise schön. Das Wollen vergleicht sich mit dem Können. Identität ist retuschierbar. Ich habe mich immer geschminkt, seitdem ich dreizehn bin, jeden Tag. Das andere Gesicht, das ich meinem Kopfkissen schenke, das bin nicht ich, das ist fürs Dunkle. Ich fürchte mich, die Welt draußen zum Kopfkissen zu machen. Ich mogele, richte mich auf für meinen Blick, den ständigen, in den Spiegel, immer auf der Suche nach einem passenden Außen für die Wechselfälle der Seele. Du bist wenigstens keine Mogelpackung, sagt eine Münchner Freundin, die mit fast allen schläft, aber als höhere Tochter durchs Leben kommt. Sie meint, man sehe sie mir an, die vielen, mit denen ich geschlafen habe. Die vielen kennen mein Kopfkissengesicht aber auch nicht. Vielleicht, so die Logik meiner Furcht, kämen sie alle zu dem Ergebnis: So schön ist die auch nicht. Ich wünschte, ich dächte nicht so. Aber da komme ich nicht mehr raus. Jenseits der Täuschung bliebe eine Frau zurück, die nicht ich wäre. Das Leben hinter der Fassade, in Widerspruch und Gegnerschaft zu eben dieser Fassade, kann sich nur in ihrem Schutz vollziehen.

Ein Dichter

Als der Dichter mich fragte, wie er aussehe, gab ich mir viel Mühe mit der Antwort. Sein Wissen war so allmächtig, dass er sich dafür schämte. Besonders unangenehm war ihm sein Erstaunen über das Unwissen anderer, das meine zum Beispiel. Jedes Ach, das weißt du nicht, zermarterte sein Gewissen. In langen Texten an mich schrieb er die Scham ab. Er war Stipendiat am Wannsee, als wir uns trafen. Kleist, du weißt ja. Ich wusste nicht. Ich wusste aber, dass mein Dichter eine Frau hatte. Das wusste er natürlich auch, aber vielleicht wollte er sich nicht darüber im Klaren sein, was das für ihn bedeutete. Es war ein kalter Winter, der Wannsee war gefroren, das Stipendiatenzimmer kahl, aber warm. Unser Experiment brauchte ohnehin nicht viel Atmosphäre. Die Frage hatte er mir allerdings nicht dort, sondern in der S-Bahn gestellt. Eigentlich eine Mädchenfrage, wie sehe ich aus, aber jetzt war es eine Dichterfrage. Meine Antwort zog sich vom Bahnhof Zoo bis zum Bahnhof Wannsee. Ich wollte ihm ein gutes Gefühl geben, was mich und meine Formulierungen und sich und sein Aussehen betraf. Trotzdem schien er enttäuscht. Als wir am Wannsee ankamen, schwiegen wir beide. Im Zimmer brach es aus ihm heraus. Einmal, so sagte er, einmal wollte er einfach nur hören, dass er schön sei. Mit dem Winter lief sein Stipendium aus, und wir kehrten in unsere jeweiligen Leben zurück. Er schrieb noch einen langen, lieblosen Text über mich, gleichsam als Abschlussbericht. Ein paar Jahre später schickte er mir die Geburtsanzeige seines Sohnes. Etwas unpassend, fand ich, zumal auch sie recht lieblos formuliert war, für einen Dichter.

Gefühle von gestern

Frank Walter empfing mich an einem Winterabend im Sender, auf Empfehlung. Er war Abteilungsleiter und aus dem Stand von mir begeistert. Wir waren gleich alt, aber ich war blond und einen Kopf größer, und er blickte gerne auf. Rasch sicherte er mir einen Vertrag unbestimmten Inhalts, aber mit bestimmten Summen zu, band mich an sein Haus, mal diese, mal jene Aufgabe zu verrichten, pauschal vergütet. Gerne zeigte er sich mit mir im Sender; einmal kam er kurz zu mir in die Wohnung, um unter einem fadenscheinigen Vorwand etwas abzugeben. Er setzte sich in meinem Wohnzimmer weit von mir entfernt auf die Sofakante und ging rasch wieder. Im Sender erzählte er anderntags herum, er sei bei mir zu Hause gewesen. Ab und zu gingen wir gemeinsam essen. Dann wurde er befördert und platzte fast vor Stolz, er konnte sich kaum beruhigen. Aufträge erhielt ich weiterhin reichlich vom Sender, in dem alle wussten, dass wir was hatten, wenn sie auch nicht wussten, was genau, aber das war mir auch nicht klar. Vielleicht war es Sympathie, die uns verband, vielleicht doch nur Funktionalität, vielleicht einfach ein Irrtum, einer der vielen Irrtümer, wie sie beim Fernsehen üblich waren. Mit der Zeit kamen andere Sender, neue Aufträge und Unterstellungen, und wir sahen uns kaum mehr, der Aufsteiger und ich. Jahre später hätte ich sie mal wieder nötig gehabt, seine Unterstützung, jede Unterstützung im Grunde. Aber lieber erst einmal die Gunst vergangener Stunden nutzen, dachte ich und ließ mich bei meinem ehemaligen Förderer anmelden. Er sah immer noch eher jung aus in dem riesigen Büro mit den zahllosen Monitoren, auf denen parallel Dutzende unterschiedlicher Programme in den Raum flimmerten. Für keines der Programme hatte er ein Auge, für mich allerdings auch nicht. Längst hatte sich meine Besonderheit an unser beider Geschäftsroutine verloren. Ein Funktionär trifft im Laufe der Zeit viele Blondinen, mit denen er vielleicht etwas hat. Es war vorbei, nichts ist so alt wie die Gefühle von gestern. Lustlos redeten wir über so etwas wie Quoten, wir hörten uns dabei nicht einmal selber zu. Als wir zum Abschied aufstanden, blickte er kurz hoch und murmelte, wie gern er große Frauen möge. Auch damit meinte er nicht mich, sondern nur irgendeinen Höhenunterschied. Zurück in der Innenstadt, kaufte ich mir auf Kosten des weit überzogenen Firmenkontos einen labbrigen braunen Comme-de-garçon-Herrenmantel und redete mir ein, ich fände ihn schön.

Kleine Füße

Griffin sah ich in einer amerikanischen Krimiserie wieder. Er spielte einen Mann, der Frauen umbrachte, weil seine Füße zu klein waren. Ich wusste gar nicht, was er all die Jahre so gemacht hatte. Auf jeden Fall hatte er sich kaum verändert, seit damals. Damals war er in Cannes als Hauptdarsteller eines Filmes, und ich interviewte ihn mit einer Reihe Kollegen aus aller Welt. Mich allerdings mochte er am meisten, selbst als meine Fragen immer abstrakter wurden, weil ich den Film eigentlich nicht so toll fand wie ihn und die Tatsache, dass ich ihm gefiel. Vorsichtshalber beendete ich eine meiner komplizierten Analysen mit der Frage, ob das zu abstrakt sei. Ja, sagte er, man kann das wohl zu abstrakt nennen. Nach dem Gruppeninterview sagte er noch ein paar nette Dinge zu mir, auf die ich nicht weiter einging. Am nächsten Tag fand ich das blöd von mir, und Griffin war über Nacht in meinen Augen noch viel toller geworden. Er wohnte in dem Hotel, wo das Interview stattgefunden hatte, so viel wusste ich. Also hinterließ ich eine handgeschriebene Nachricht für ihn. Ich schrieb, dass ich am Abend in der Lobby auf ihn warten würde. Das tat ich dann auch. Ich saß und wartete, schaufelte, wie bestellt und nicht abgeholt, Erdnüsse von der hohlen Hand in den Mund. So war es ja auch, ich hatte mich selbst einbestellt, aber Hollywood-Stars oder solche, die es beinahe waren, hatten abends viel vor. Ich schenkte ihm eine volle Stunde Wartezeit und eine volle Schale Erdnüsse. Attraktion ist leicht verderbliche Ware, auf Filmfestivals allemal. Es hätte ja sein können, dachte ich achselzuckend, als ich das Hotel durch die gläserne Drehtür verließ, und ging in die nächste Vorführung.

Heiße Luft

Im Jahr 2000 gingen die meisten Männerdinge nicht gut aus. Die vielen Männer zogen viele Freundinnen nach sich; man wollte ja darüber reden, über die Beutezüge. Die vielen Freundinnen erzeugten viel Interpretation, weil allem eine Bedeutung eingehaucht wurde, dem Vollzogenen wie dem Vermiedenen wie dem von hier oder dort Beendeten. Denn, so besagte unsere Logik, es wäre ja nicht passiert, wenn es keinen Sinn hätte. Dabei war Sinn, wie wir ihn verstehen wollten, nichts anderes als ein Blitzableiter, der unsere Hitze ins Erträgliche, Aushaltbare erdete. Auf dem Boden der aushaltbaren Tatsachen haben meine Freundinnen und ich in jenem Jahr 2000 ausgiebig miteinander getanzt, mehr geraucht und weniger, viel weniger getrunken als in späteren Jahren. Deswegen wusste ich auch gleich, als ich einen Rotwein im Bordbistro meines Köln-Berlin-ICEs bestellte, dass jener Viertelliter Rotwein in der kleinen Flasche zu viel für mich allein sein würde. Also bot ich der gegenübersitzenden Dame ein Glas an. Ein Speisewagengespräch begann, kein Bordbistrogespräch, wie es Handlungsreisende führen. Wir hingegen waren beide Sternzeichen Krebs, und Sternzeichen waren wichtig in jenem Jahr. Sie war in der DDR aufgewachsen und hatte ihre Tochter alleine großgezogen. Von Beruf war sie etwas DDR-typisch Nützliches und insgesamt überhaupt eher pragmatisch. Dass es mit einem Mann noch mal richtig was werden könne, davon ging sie nicht mehr aus, aber es gab da jemanden, der eine Rolle spielte. Er kam und ging, und sie nahm es hin, weil er überhaupt ein Jemand in ihrem Leben war, obendrein gefiel er ihr auch noch. Er war Schütze. Einen Schützen hatte ich auch gerade an mir scheitern sehen oder ich mich an ihm oder wie immer ich mir das drehte. Krebs–Schütze, sagte sie so eindeutig, als handle es sich um das Wetter vom Vortag, Krebs–Schütze geht gar nicht. Der Schütze wolle in die Ferne, sagte sie, und der Krebs in die Tiefe. Eine Konstellation, ja eine ganze Beziehung, erfasst in der Markierung eines Fluchtpunktes. Jenem Punkt, von dem aus die Pfeile rechtwinklig auseinander in Richtung der jeweiligen Glücksvermutung streben. Genau so hielten wir, meine Freundinnen und ich, in jenem Jahr unsere Arme wie Pfeile ausgestreckt, um allen Widerspruch der Welt zu umarmen. Und mit ihm und in ihm auch ein paar Männer und ein paar Erkenntnisse, die sie uns verschaffen könnten, zu umarmen. Die heiße Luft, die wir produzierten, gab uns Wärme für das neue Jahrtausend, das wir wie einen Fesselballon bestiegen. Und so, ganz von oben herab, konnten wir es aushalten, mit der Zeit.

Besser nachher

Das WM-Spiel, in dem Deutschland gegen Italien spielte, hatte ich mit Evelyn in Berlin-Reineckendorf geguckt. Sie war dort wegen einer Frauensache operiert worden, der dortige Klinikleiter ein ausgewiesener Spezialist. Halb so schlimm also. Wegen des Spieles war das Krankenhaus nahezu menschenleer. Ich suchte Evelyn und klopfte an eine Bürotür. Ein lustiger Mann nahm mich mit auf die Suche. Es war der Klinikleiter, wir verstanden uns gut. Deutschland flog aus dem Turnier, und ich fuhr heim. Ein Jahr später hatte auch ich eine Frauensache. Mir fiel sofort der nette Klinikleiter ein. Ich fuhr nach Berlin, zog das WM-Kleid an, und er erinnerte sich. Er malte kindlich anmutende Skizzen der primären Geschlechtsmerkmale aufs Papier, wie es alle Gynäkologen tun, wir scherzten, und ich hatte keine Angst mehr. Stattdessen rasierte und cremte ich meinen Schritt während der Tage vor der OP so sorgfältig wie nie. Ich wollte schön sein, auch dort. Gerade dort. Ich war überzeugt, es mache einen Unterschied. Evelyn holte mich ab, es war ein heißer Tag, sie war hochschwanger und ganz in transparentes Weiß gekleidet. Sie blieb bei mir im Vorbereitungszimmer, wo uns eine alte Dame ihr Leid über die Spätfolgen eines Beinbruchs klagte. Sie war über achtzig und zum ersten Mal im Krankenhaus. Sie weinte, bevor ihre Schlaftabletten wirkten, sie wusste ja nicht, wer Hand an sie legen würde. Halb betäubt von der eigenen Ration Schlaftabletten wurde ich vor den Operationssaal geschoben. Ich wusste, wer dort auf mich wartete, und es war auf erregende Weise beruhigend. Ich zog mir ein paar Locken unter der Gummierung des müllsackblauen Haarschutzes hervor. Ein wenig geschminkt war ich auch – ich war bereit. Als das Narkosemittel in die Kanüle gegeben wurde, kam der Klinikleiter zu mir und nahm mich bei der Hand, in mein völliges Entgleiten hinein. Das Glück der Übereignung des Körpers an die Kompetenz. Aber mehr noch, an Fürsorge, Zuneigung. Ich gab mich hin. Evelyn war bei mir, als ich erwachte. Der Professor hatte ihr inzwischen seine ihrerseits schwangere Freundin vorgestellt. Sie wollten bald heiraten. Besser auf jeden Fall, dass ich das erst nachher erfahren habe.

Die Krähe

Ich verstehe keine Paare. Am ehesten noch knutschende Teenies, die unbeholfen aneinander saugen. Die üben. Man kann ja nur üben, ausprobieren, wie man etwa Yoga-Figuren ausprobiert. Die Krähe ist so eine, da muss man die angezogenen Beine auf die Oberarme abstützen, und die Hände werden zu Füßen. Bei manchen hilft alles Üben nicht, sie bleiben hocken. Auch nicht besser. Ich bin nicht die Einzige, bei der die Liebe sich früher oder später verflüchtigt. Bei allen ist es so. Aber sie haben die besseren Ausreden, sie sind bessere Konsumenten ihrer Ausredenproduktion. Sich verlieben heißt, in die Schwäche zu gehen. Man verguckt sich, sieht weniger den falschen Mann als die falsche Möglichkeit, die Möglichkeit, der Nächste wäre ein anderer als all die anderen, die sich gleich wurden: die Kompanie der Exmänner. Diese Kompanie wartet bereits auf ihn, den nächsten Besten. Sie alle habe ich munitioniert mit meinem geliehenen Körper, den vorläufigen Beteuerungen und den vollzogenen Anstrengungen. Sie macht mir keine Angst, diese Belagerung, aber sie macht schwach. Sie sind immer dabei, diese Ehemaligen, bei den weiteren Berührungen, Beteuerungen, der neuerlich vollzogenen Anstrengung. Frauen, die in Scheidung leben, benutzen gerne die Wendung »Mein zukünftiger Exmann«, wenn sie von ihrem Ehemann reden. Sie meinen das lustig. Als ob sie nicht wüssten, dass es gar keine andere Wendung gibt als den Verlust der Täuschung. Und weiter geht's, wir werfen uns in die Brust, an den Hals des nächsten Mannes, mit dem wir alt werden wollen. Dabei wollen wir genau das gar nicht, alt werden. Weder mit ihm noch ohne ihn.

Fixe Idee

Ich traf Herrn Rupin im Baumarkt. Wann heiraten Sie mich, fragte er unvermittelt, ohne meinen Begleiter zu beachten. Er nannte sich in den vielen Briefen, die er mir von Hand geschrieben hatte, gerne »Ihr Fan« oder auch »Ihr größter Fan«. Das passte zu der beinah kindlichen Verehrung, die er sich erlaubte. Er machte mir kleine Geschenke entlang meiner ihm bekannten Vorlieben. Seine Frau hatte einmal einen belanglosen Dankesbrief gefunden und hielt mich seither für seine Geliebte. Daraufhin wurde er konspirativer in seinen Bemühungen, dabei hatten wir nichts zu verbergen, nicht mal einen verlegenen Kuss. Über fünfzehn Jahre ging das so, keusche Kurzbesuche, im Büro oder zu Hause, Briefe und Geschenke. Irgendwann hörte das alles mit einem Schlag auf. Mein Fan war verschwunden. Den Grund seines Rückzuges offenbarte er mir viel später erst bei einem zufälligen Treffen. Herr Rupin war an Prostatakrebs erkrankt, rechtzeitig behandelt fürs sichere Überleben, zu spät für den Erhalt aller Funktionen. Deswegen wollte er mich nicht mehr wiedersehen. Er schämte sich. Ausgerechnet vor mir, von der er nie mehr verlangt hatte, als eine fixe Idee von ihm zu bleiben, eine Heiratskandidatin, die nie eine sein würde, zum Beispiel. Als ich meinem Rechtsanwalt, der auch der seine war, erzählte, ich hätte Herrn Rupin im Baumarkt getroffen, sagte er: Da ist der ständig, der hat ja sonst nichts mehr, außer seinen Frickeleien. Das nun fand ich unfair. Zumal mit ihm, dem Rechtsanwalt, auch nie was sein würde.

Mehr Fleisch

Martin Wilke klang nach dem Irrsinn alter Tage. Der schwerreiche Quereinsteiger ohne Ahnung und Struktur fuhr aus der deutschen Provinz nach Hollywood und kaufte dort große Namen ein. Jede Produktion des Offenbacher Urgesteins fiel im Kino durch, immer neue Berater ließen sein Misstrauen anschwellen. Die Firma lag, wie zu erwarten war, in einem Industriegebiet, ein paar aus größeren Firmen heruntergereichte Funktionäre liefen über graue Teppichfliesen. Am Empfang lauerte die treue Sekretärin als einzige Konstante in den Wechselfällen des Auf- und Umstieges. Alle kuschten vor dem schwergewichtigen Brüller alter Schule, der eine Testfrage nach der nächsten stellte: Nennen Sie mir zehn Filme von Steven Spielberg! Wie heißt der Regisseur von »African Queen«? Unsicherheit hatte sein Misstrauen geschärft. Geschäfte waren mit ihm nicht zu machen, es hatten bereits zu viele gekratzt, geliebedienert. Aber lustig war es doch, ein wenig wie im Cannes der frühen Jahre. Zum Abschluss des Gespräches, eben nicht des Geschäftes, nahm er mich mit zum Essen. Man kannte ihn gut in dem Lokal, der Tisch war rasch unaufgefordert mit Speisen gefüllt. Mehr Fleisch!, rief er. Und er ließ es sich schmecken, immer mehr Fleisch. Unablässig stellte er weitere Wissensfragen. Wer wird Millionär, sagte er, da bin ich ein Fan von. Zum Schluss, es war bereits recht spät, brachte er mich mit seinem Angeberauto zum Bahnhof nach Frankfurt. Ein leichter Nieselregen ging nieder. Als er die nächste Wer-wird-Millionär-Frage stellte, bat ich ihn, mich doch mal etwas zu fragen, worauf er die Antwort noch nicht kenne, Schluss mit dem Quiz. Wie alt werde ich, fiel ihm nach einer Weile ein. Das nun hatten wir ausführlich besprochen, seinen bevorstehenden fünfzigsten Geburtstag. Das sei doch wieder so eine unnötige Frage, nörgelte ich. Ist es nicht, er insistierte, wie alt werde ich. Da verstand ich, und ich kannte auch die richtige Antwort. Sie werden siebenundsechzig Jahre alt, sagte ich mit der Gelassenheit einer Musterschülerin, der man eine zu leichte Frage gestellt hat. Sein Schweigen erst machte mir klar, dass man niemandem auf eine solche Frage antworten darf. Gemeinsam schwiegen wir für den Rest der nächtlichen Fahrt und lauschten, den Blick starr geradeaus gerichtet, dem mechanischen Wischton der Scheibenwischer.

Frühstadium

Frank Best hatte einen weichen Körper für einen zornigen Mann. Sein eher kleiner Kopf mit stoppelkurz geschorenem Haar konnte flammend rot anlaufen. Er war ein Wüterich, neue Autos dellte er mit kräftigen Fußtritten ein, um ihnen das Neue auszutreiben. Ein Künstler eben, wie sie sich gerne sehen: besessen, aber im Sinne einer Sache, die sie zu der eigenen gemacht haben. Seinen Zorn sah ich in all seinen Arbeiten, im Atelier, in der Galerie, im Museum. Am Anfang stand die Attraktion, vor allem die seine für mich, dann wurden wir Freunde mit klar verteilten Rollen, Ratgeber er, Ratsuchende ich. Vor allem, als es schwierig wurde, das Glück sich aus meinem Leben davonstahl. Damals sagte er mir, ein wenig genüsslich, wie mir schien, dass die Zeit einmal vorbei sei, in der einem alles in den Schoß falle, nur weil man ein hübsches, kluges Mädchen sei. Er sagte nicht, dass solche Zeiten sehr wohl wiederkommen, wahrscheinlich, weil er mich nicht mehr mit der Großzügigkeit des Verliebten betrachtete. Ratgeben, auch so eine Form von Rechthaberei. Ratsuchen, auch so eine Form von Übereignung. Die müsste man den Mädchen ausreden, nicht die Zuversicht. Ich war lange kein Mädchen mehr, als ich ihm in Köln zufällig wieder begegnete. Er trug immer noch seinen schwarznoppigen Lederblouson und schien gerührt, mich zu sehen. Rührung, das war neu. Natürlich wollte ich mich sofort mit ihm verabreden. Lass uns treffen! Aber er hatte mir etwas anderes zu sagen, mitten auf der Straße. Frank war an Parkinson erkrankt, kaum sichtbar, kaum bekannt, Frühstadium. Wir umarmten uns. Jetzt sollten wir uns erst recht sehen, fand ich. Auch wenn es für diese Dinge keinen Rat gab. Ich rief ihn kurze Zeit später an, und wir verabredeten uns in der Ständigen Vertretung in Berlin. Mein Vorschlag. Eine Scheißidee, dachte ich, als ich in der Kölschkneipe inmitten lärmender Touristen saß. Aber offensichtlich war der ganze Termin eine Scheißidee. Frank kam nämlich nicht. Er rief mich nie mehr an. Ich ihn dann auch nicht.

Kleine Träume

Chris Roberts gefiel mir sehr. Er trat oft in der ZDF-Hitparade auf. Weil er immer ein wenig schmal aussah, schickte ich ihm einen Streifen Kaugummi an die eingeblendete Fanpostadresse. Da war ich elf Jahre alt. Als ich ihn viel später auf einer Party traf, war ich so gut wie erwachsen, und er flirtete mit mir. Meine Nummer gab ich ihm wegen damals. Seine Sätze am Telefon klangen wie ein Schlagertext ohne Refrain. Ich wand mich vor Scham auf dem rauen Sisal des Küchenbodens und schickte das Gespräch zurück durch den Zeittunnel meiner Biographie. In das Damals, in dem nicht zu ahnen war, dass ich mir all die kleinen Träume erfüllen würde, dass es nicht bei Schlagersängern bleiben konnte, dass die Frau, die ich werden sollte, mächtig Eindruck auf mich gemacht hätte zur Zeit der kleinen Träume. Gehabtes, Erlebtes, Veräußertes – die Erinnerung wird zum Warenlager, prall gefüllt mit dingfest gewordenen Träumen. Viel sind diese Bestände nicht mehr wert, unverkäuflich an ein Selbstverständnis, das darauf besteht, sich ständig neu zu erfinden. Im Alter jedoch werde ich auf diesen Fundus zurückgreifen. Dafür habe ich bereits eine Geschichte vorwärts in den Zeittunnel geschickt. Sie spielt in einem Raum voll kostbar glitzernder Kleider. Ich werde sie einem jungen Mann vom Pflegedienst vorführen, all die schönen Kleider. Zu jedem Kleid werde ich ihm ein Erlebnis erzählen. Ich werde arm sein und lange schon keinen Mann mehr haben. Aber ich werde über diese Glitzergeschichten verfügen. Sollte es jemals so sein, so wäre auch diese Zukunft nur das Echo des schon Gedachten. Ich würde recht behalten haben, wie so oft. Dabei hatte mir doch einst mein dreizehnjähriges Patenkind gesagt, man könne nur recht haben oder glücklich sein.

Trümmerkinder

Das Schlimmste, was man einer Frau sagen kann, ist, sie sei eine starke Frau. Man sagt es ihr, wenn sie Falsches tut, wenn sie aushält, verharzt, übrig bleibt. Man sagt es, wenn sie nicht stirbt, wo man sterben muss, wenigstens ein bisschen. Frauen nennen jene Frauen stark, die etwas überwunden haben, was man nicht überwinden will, weil man es nicht erleben will, schwere Verletzungen, schwere und schwerste Beziehungen, Tode und Abertode. Männer nennen jene Frauen stark, deren Stärke ihnen Anlass gibt, sie zu betrügen, weil sie wissen, dass sie das aushalten werden. Mit dem Preisen der Stärke entzieht man der Tragödie den Boden, den Nährboden der möglichen Heilung. Die Stärke der Frauen folgt der Härte der Männer. Der Härte, die diese an den Tag legen, weil ihre Taten im Dunkel der Nacht, der Erinnerung, der Zeit verloren gingen. Ihrer zu Härte vereisten Hilflosigkeit, die ihnen jene Kaltblütigkeit verlieh, die das Vergessen braucht. Eine Generation Überlebender hatte ihr Leben gemeistert, als hätte sie alle Glieder am Leib, alle Sinne beieinander. Unsere Väter, unsere Lehrer, all die Lenker unserer Entwicklung, die uns voller Rührung ihren Lieblingsautor Wolfgang Borchert nahelegten, hatten nicht einen Tag krankheitsbedingt gefehlt, egal, was ihnen fehlte, die zarten Kameraden womöglich, die zugrunde gingen, wie ihr Borchert. Der Lektüre seiner Geschichten widmen sich nun die Kindeskinder, deren Lehrer und Väter oftmals fehlen, krankheitsbedingt oder ganz und gar. Die Jugendlichen mögen besonders die Stelle: »Wir sind die Generation ohne Bindung und ohne Tiefe. Unsere Tiefe ist Abgrund.« Die zitieren sie gern, um das Ausmaß ihrer Verlorenheit zu umreißen, bevor sie sich, inmitten von Identitätstrümmern, den eigenen Exzess organisieren.

Im Recht

Nicht alle Hausbesetzungen endeten mit Räumung. In der Kölner Südstadt übernahm Ende der Siebziger eine Gruppe selbsternannter Künstler ein Haus und blieb dort. Eine der Frauen züchtete Schimmelkolonien im Müll und wurde versehentlich schwanger, was sie erst im sechsten Monat bemerkte. Krystyna nannte sie ihre Tochter, die ihr das Jugendamt entziehen wollte, nachdem besorgte Bürger Schmutz und Züchterin gemeldet hatten. Krystyna wurde das erste meiner vielen Patenkinder. Ich schenkte ihr Dinge, nahm sie mit ins Kino und bekam irgendwann selbst eine Tochter. Mit dreizehn blieb mein Patenkind nach einem der gelegentlichen Wochenendbesuche ganz bei mir. Wir nahmen das unkommentiert zur Kenntnis, ihre Mutter, ich. Nur meine Tochter war ehrlich begeistert und schlief jede Nacht vor Krystynas Bett ihre Verehrung für das große Mädchen aus. Die ging nicht gern und daher oft gar nicht zur Schule, rauchte und hatte was mit Jungs. Man hat immer recht mit Vorwürfen, die man Dreizehnjährigen macht, aber im Recht ist es ziemlich langweilig. Nach einem Jahr schimpfte ich mehr als ihre Mutter, der sie nach monatelanger Trennung einen Besuch im Schimmel abstattete. Sie kam nicht mehr zurück von dem Ausflug in das Künstlerhaus, aus dem sie seinerzeit zu mir ausgewichen war. Ihre Sachen holte sie auch nicht ab. Lange standen sie in unserem Flur herum; ich weigerte mich im Rahmen einer letzten sinnlosen Erziehungsmaßnahme, sie ihr hinterherzutragen. Krystyna wurde erwachsen, meine Tochter wurde ihrerseits dreizehn. Sie behandelte mich dann so lange schlecht, bis auch sie merkte, dass es dadurch niemandem besser ging.

Platon und Kant

Ich schuldete Johanna noch ihr Weihnachts- und Geburtstags-
geschenk. Zu allem Überfluss hatte ich sie allein auf ihrem Abschlussball zurückgelassen. Wir wussten beide, dass mich das
teuer zu stehen kommen würde. Sie holte mich im Büro zum
Schuld-Shoppen ab, und wir gingen gemeinsam auf die Ehrenstraße. Den ersten Laden, den sie ausgewählt hatte, kannte ich
gar nicht, nie gesehen, dabei war die Ehrenstraße immer schon
in der Nähe von allem gewesen. Sie war auch immer schon
voll Boutiquen, in einer hatte ich zu Abiturzeiten mal gejobbt.
Während wir uns warm kauften, hatte meine Tochter ihre letzte
Abiturprüfung in Philosophie – Philo, wie sie sagte. Ein gelbes
T-Shirt in der unbekannten Boutique, eine blaue Nickijacke in
der nächsten und eine gold-schwarze, die Johanna, Johnny, sagte
ich, sich auch noch kaufte, weil die schwarz-weiße, eigentlich
schönere Jacke schon ihre Freundin hatte. Dann solle sie doch
diese Jacke nehmen und die Freundin tauschen, sagte ich. Johanna hatte eine neue Frisur, blondiert und mit seitlich gebürstetem,
brauenlangen Pony. Alle, fiel mir in den Ehrenstraßenläden auf, in
die Johnny mich führte, alle hatten diese Frisur, und eigentlich
sahen sie auch alle aus wie Johnny, die Mädchen zwischen vierzehn und einundzwanzig in diesen Läden. Alle wollten sie ihre
Marken, weil sie ja irgendwas wollen müssen, diese Mädchen
ohne intakte Familien-, aber mit intakten Markenstrukturen, finanziert zum Beispiel aus Portokassen von Patentanten mit wenig
Zeit und viel schlechtem Gewissen. Zwei Bücher hatte ich ihr
zu den Kleidern gekauft und das Versprechen abgenommen, dass
sie sie auch las, denn gerne las sie nicht, mein Patenkind. Anders als meine Tochter, die immer las. In Johannas Alter sowieso.
Wir trafen sie, als wir kauferschöpft in einem Café mit interna-
tional normierter Speise- und Getränkekarte saßen. Sie erzählte
von Platon und Kant und der ganzen Philo-Prüfung. Sie trug ein
zu weites T-Shirt mit dem Logo der Cafékette über ihrem Kleid,

weil ihr erster Freund Philipp, Phili, wie sie sagte, in wechselnden Filialen des Konzerns bediente. Wir bestellten Getränke mit
komplizierten Namen und hohem Zuckergehalt. Johnny blätterte
lustlos in den neuen Büchern. Sie war nach dem Shoppen mit
ihren Freundinnen verabredet und vergaß beim Abschied, danke
zu sagen. Meine Tochter vergaß am gleichen Abend unsere Ver-
abredung im Stadtgarten, wo wir die letzte Abiturprüfung feiern
wollten. Es tue ihr leid, sagte sie später am Telefon, es sei ihr alles
ein bisschen zu viel geworden, die letzten Monate in der Schule,
die ersten mit einem Freund, Philo und Phili. Auch bei ihm, Phili,
würde sie sich bald entschuldigen müssen, wenn er ihr zu viel
werden würde, wie mir das ganze Shoppen. Am folgenden Tag
traf ich Johanna wieder, ich schuldete ihr noch eine Hose und
ein Paar Schuhe, bevor es endlich gut war.

Bedient

Meine Füße gingen gar nicht. Sie waren einfach nicht schön, waren es nie gewesen, das war mit der Zeit nicht besser geworden. Also schämte ich mich ihrer und versteckte sie in meist unbequemen Schuhen. Die waren dann wenigstens schön. In Frankfurt bekam ich nach einem Geschäftstermin Lust auf Schuhe und ging auf Empfehlung in ein recht großes Schuhgeschäft. Auf den ersten Blick gefiel mir nichts, aber ein Verkäufer eilte diensteifrig zur Beratung herbei. Er zog meine wildledernen Stretchstiefel wadenabwärts, mit der einen gestreckten Hand stützte er die nun entblößte Wade, mit der anderen zog er zunächst den Stiefel über die Ferse, um dann meinen dummen, hässlichen Fuß zu umfassen, ihn sanft auf- und abwärts zu bewegen, als wöge er ein neugeborenes Küken. Ein hübsches, liebliches Küken. Dann brachte er mir vielerlei Schuhe. Probieren Sie diese, sagte er über kupferfarben paillettierte Sandalen, die passen gut zu ihren Haaren. Das war ein Argument. Ich nahm sie. Und er nahm wieder und wieder meine Füße zur Hand, bis ich mich ihrer nicht mehr schämte. Eine Verkäuferin trug einen schweren Mantel durch das Verkaufsareal. Wem der gehöre, fragte sie mehrfach in den Trubel. Beim dritten Mal ließ mein Verkäufer von mir ab und sagte leise: Mir. Ich zahlte rasch und petzte nicht. Er wartete an der Tür. Herrje, dachte ich, wenn er mir nachgeht, schreie ich. Aber er reichte mir nur zum Abschied die Hand. Danke, sagte er, danke, dass ich Sie bedienen durfte.

Es war bereits dunkel, als ich mit dem Zug nach Hause fuhr. In meiner Wohnung ging ich mit den Tüten in der Hand schnurstracks zu meinem Schuhschrank. Paar für Paar nahm ich prüfend in die Hand. Am Ende waren es sicher ein gutes Dutzend Schuhe, das ich fremden Frauen unten auf den Friesenplatz stellte. Es waren schöne und durchaus auch neue Schuhe, die ich hergab. Ihnen allen war gemeinsam, dass sie mir wehtaten, es war mir bloß nie aufgefallen. Ich hatte immer gedacht: So ist das, Schuhe tun weh. Das würde nun nie mehr der Fall sein, dieser Schmerz war fort, verschwunden, wie über Nacht die Schuhe unten am Platz.

Sengend

Den dicken Produzenten hatten Marianne und ich auf den Film-festspielen in Cannes getroffen. Zu der Zeit drehte er in Italien mehrere Filme gleichzeitig und lud uns ein, die Dreharbeiten zu besuchen. Hotel, Reisekosten und sogar Spesen wurden bezahlt. Es war toll. In Rom blieben wir eine knappe Woche, eine Regisseurin drehte dort einen Kurzfilm in den Studios de Paolis. Er spielte während der Nazizeit; es gab eine deutsche Hauptdarstellerin und einen englischen Hauptdarsteller, mit dem wir beide gleichzeitig etwas hatten, Marianne und ich. Es war ein heißer Sommer. Die Erde auf dem heruntergekommenen Studiogelände war lehmig und ockerfarben, wie das schadhafte Mauerwerk der Außenwände. Das Team mochte uns, oft aßen wir gemeinsam an langen Holztischen im Innenhof. Bei einem Abendessen nach Drehschluss verdichteten sich der Wein, die Fröhlichkeit und die ganztägige Sonneneinstrahlung zu einer sengenden Hitze. Ich trug ein leichtes Kleid und ging ins Bad. Es war in das gelbrote Licht der untergehenden Sonne getaucht und sehr einladend. Ich legte mich nieder, in den Staub der zersprungenen Boden-kacheln, zog das Kleid hoch und den Slip beiseite. Das eine Bein legte ich auf dem weißen Oval des Bidets ab, das andere streckte ich aufwärts an der Wand entlang. Eine seltsame Haltung, doch so mochte ich es, und so begann ich mich in der Spreizung zu berühren. Da ging die Tür auf. Ich hatte vergessen abzuschließen. Ich hatte es vergessen. In Sekundenbruchteilen sprang ich in den Stand. Ein akrobatischer Reflex, den nur panische Scham auslösen kann. Sie schloss sich sofort wieder, die Tür. Aber wir hatten bei-de gesehen, wer wir waren, und was ich machte, lag ihm offen dar, dem jungen Mann mit der schrecklichen Narbe am Mund. Sie entstellte ihn nachgerade, diese Hasenscharte, so schlecht war sie operiert worden. Mitleid hatte ich für ihn empfunden, die Male, als ich ihn in der Kulisse antraf. Dunkelstes Rot stieg mir in den Kopf, das Herz, den Hals, Scham bis auf die Knochen. Konnte mich nicht beruhigen, das Herz raste weiter, lange nach der Rückkehr an den Tisch. Da stand mit einem Mal jemand hinter mir, ging in die Hocke und begann leise in mein Ohr zu sprechen. Es tue ihm leid, sagte der Entstellte, es tue ihm leid, dass er hereingekommen sei, er hätte anklopfen müssen, vorher, er wolle sich entschuldigen. Eine Antwort wartete er nicht ab. Ich hätte ohnehin keine Antwort für ihn gehabt, weil ich voll des Staunens war, über seinen Mut und darüber, dass ein Mann, zu dem mir nur Mitleid eingefallen war, einen solchen Mut hatte. Vor allem aber war ich ihm dankbar. Für die Erleichterung, die nun in so ganz anderer Form über mich gekommen war.

Gutes Geld

Giorgio Mancini war Künstler. Für gutes Geld malte er dem leitenden Redakteur einer Wirtschaftszeitung Vaginas in Öl. Den Redakteur stellte er mir vor. Herr Zeiler war sehr sanft und sehr klein. Er gab prompt eine Photoproduktion mit mir in Auftrag, »Aerobic für Manager«, ebenfalls gut bezahlt. Ich war die Vorturnerin und zeigte einer ungelenken Truppe mittelalter Männer Übungen zur Stärkung von Ellbogen, Wendehälsen und Sitzfleisch. Das sollte lustig sein. Meinen Satz Aerobic-Trikots holte ich mir bei Herrn Zeiler im Colonia Hochhaus ab. Er wohnte sehr weit oben in Kölns höchstem Wohnhaus. Die Vaginabilder hingen nicht an den Wänden der Zimmer, in denen er mich empfing. Dafür gab es überall asiatische Kunst, und auf dem Fernseher stand eine ebenfalls asiatisch anmutende bordeauxrote Lackurne. Sie sei für seine Asche vorgesehen, erklärte er auf meinen fragenden Blick hin, er sei Ästhet, und die Vorstellung, geschmacklose Verwandte könnten nach seinem Tod eine falsche Wahl treffen, bedrücke ihn. Ich nickte. Auf seine Frage, ob er einmal meine Wohnung sehen könne, nickte ich erneut. Wohnung, nun ja, es war ein Apartment am Hansaring, mit einem ständig ungefütterten Kaninchen auf dem schmalen Balkon, gleich am Bahndamm. Er blickte sich interessiert um, sogar die Kochnische mit den verschmutzten Elektroplatten betrachtete er ausgiebig. Eigentlich wollte er aber etwas anderes sehen. Ob ich ihm meine Vagina zeigen könne, fragte er. Das war sein Wort. Ich trug ein kurzes Kleid, es brauchte nur eine Bewegung, den Rock hochzuziehen, eine zweite, den Schlüpfer zur Seite zu ziehen. Er schaute ruhig und nickte, als er genug gesehen hatte. Zum Abschied gab er mir zweihundert Mark. Vereinbart war das nicht, aber vereinbart war ohnehin nichts gewesen. Wenige Jahre später erzählte mir Giorgio von Herrn Zeilers überraschendem Tod. Mich ließ die Nachricht eher kalt. Er hatte wirklich genug gesehen, fand ich.

Im Winkel

Sehnsucht ist ein Suchscheinwerfer. Sie wirft ein klares Licht ins Ungewisse. Dorthin, wo sie ihre Erfüllung vermutet. Dabei beleuchtet sie manches, was sich in ihrem Strahl verschönt, unwillkürlich. Trifft sie ins Schwarze einer Erwartung, wird sie von ihr verschluckt. Wenn, umgekehrt, Vorhandenes Sehnsucht weckt, leuchtet es auf; aus der Dunkelkammer der Ahnung tritt das Erlebnis ans Licht.

Das Sehnen will in die Ferne, die Sucht in die Poren. Der Widerspruch formt einen rechten Winkel. Von seinem Schnittpunkt aus spreizen sich zwei Geraden Richtung Unendlichkeit, gehen in deren sternenlosem Dunkel dauerhaft verloren. Und mit ihnen all jene, die aus ihrer Glücksvermutung eine bemannte Raumfahrt machen. Das Glück will keinen Aufwand. Es nistet ganz unten im Winkel, dem rechten, in dem sich nicht zu viel Staub gesammelt haben sollte. Neue Besen fliegen gut, aber die alten kommen bis in die Ecke. So sagt man in Köln, wo man um die Vergeblichkeit aller Anstrengung weiß.

Gegenbeweis

Mein erster alter Mann war sehr reich. Wir waren uns ein einziges Mal begegnet, bevor er für Monate nach Amerika flog. Diese ganze Zeit telefonierten wir täglich mehrere Stunden. Ich erzählte ihm mein Leben, auch die versauten Sachen, die vor allem. Noch am Tag seiner Eheschließung in Chicago stahl er sich ans Telefon, ließ mich reden, stundenlang, als gäbe es nur ihn und mich und unser Gespräch. Später erfuhr ich von der Hochzeit, da hatte sich unsere Sache bereits von alleine zum Irrtum gemacht. Es folgten Monate der Halbherzigkeit, in denen seine Ehe Fassade blieb und meine Firma kollabierte. Er spendete mir viel Geld für den Wiederaufbau. Ob Mitleid, Ablass oder Bezahlung – gebrauchen musste ich es, musste ich ihn.

Mein zweiter alter Mann war impotent und gebildet bis zur Selbstverstümmelung. Wir redeten den Sex, nicht enden wollend, Tag und Nacht in die kalten Kissen, während sein Geschlecht hilflos tropfte. Ich blieb bei ihm, als wollte ich einen Gegenbeweis antreten. Seine Exzesse fanden zwischen Buchdeckeln statt. Gefräßig auch die Verlorenheit seiner Lust auf junge und immer noch jüngere Frauen, eingesperrtes Verlangen in seinem mit Selbsthass gemästeten Körper.

Mein dritter alter Mann pfiff so haltlos wie stilvoll auf alles, was es nicht besser verdient hatte. Keine Starre, keine Teigigkeit, Luftiges stattdessen, Verflüchtigung in Richtung des Endes, des großen Vakuums, das er Nacht für Nacht herbeisoff. Sich und der Welt verlorengegangen in den Jahren, den randvoll im hochprozentigen Zuviel durchgebrachten. Alles hatte er, nur der Sinn fürs Mögliche war ihm abhandengekommen.

Warum richten die Jahre diese Verwüstungen an, die Sanduhr läuft doch immerfort. Aber erst im Alter schluckt der Sand das Meer. Maßlosigkeit bietet kein Refugium, und sie wissen es. Alte Männer wissen alles und halten sich an nichts – Geld, Geist, Grappa. Man lässt sie zurück, ohne Rettung, ohne Trost.

Mein Geschöpf

In den USA fand jährlich eine große TV-Messe an wechselnden Orten statt. An den Ständen der Produktionsfirmen und Networks konnte man sich mit deren Aushängeschildern photographieren lassen: Meist waren es überlebensgroße Helden aus Comicserien, die auch hierzulande liefen. Ich aber ging immer zu einem unbekannten Gummigeschöpf, einem großen, drachenähnlichen Tier mit Schuppen aus weichem grauem Schaumstoff. Anstelle der Arme hatte es große Flügel, mit denen es einen umfassend umarmen konnte. Beim ersten Mal bereits schloss es seine grau wattierten Flügelarme um mich, und ich sank unter seinem festen Flügelgriff in die weiche Masse. Immer und immer wieder bin ich hingegangen, habe mich an und in ihn geschmiegt. Im Verlauf der Messetage wurde seine Umarmung inniger und bezog auch die empfindlichen Stellen ein. Ich war vielleicht nicht verliebt, aber voller Sehnsucht nach dem Geschöpf. Also doch verliebt. Jahre später begegnete ich bei der Party eines Verlagshauses einem weiteren Geschöpf. Im Eingangsbereich des unterirdischen Veranstaltungsortes war ein künstlicher Dschungel installiert. Ein großer, grüner Faun sprang behände herum und blies auf seiner Flöte. Alles war Teil eines Konzeptes, Hedonismus womöglich, was sich Agenturen so ausdenken. Gummikleidung auch dort, gleichwohl enger anliegend an einem trainierten Körper. Mit dem Pan konnte man ebenfalls Photos machen, ich umklammerte ihn nachgerade während des Posierens. Er blies die Panflöte und sagte raunende Dinge in mein Ohr, sie waren Teil der Maskerade, diese geflüsterten Dinge. Ich jedoch münzte sie bereitwillig auf mich. Später am Abend stellte sich ein wenig relevanter Mann recht aufdringlich zu mir an die Bar. Nach einer Weile gab er sich als der demaskierte Pan zu erkennen. Oh. Ich löschte diesen Pan umgehend aus der Galerie meiner Phantasien. Mein graues Gummigeschöpf hingegen würde ich nie vergessen. Ich vermisste es, immer wieder aufs Neue.

Willentlich, wissentlich

Die glücklichsten Wochen meines Lebens spielten in Rio de Janeiro. Aus dem Nichts hatte ich ein Telegramm erhalten, das mich zu einem Filmfestival nach Rio einlud. Ich musste nur ja sagen, und ich sagte ja. Zehn Busse schipperten uns Festivalgäste, die wir schnell keine Fremde mehr waren, tagsüber in die Kinos und allabendlich in dance halls, wo wir zu Rhythmen, nicht zu Melodien tanzten. Geschenkte Zeit an einem geschenkten Ort. Man warnte uns vor den Favelas und der Kriminalität, aber Magie ist Magie, auch wenn sie die Schwärze streift. Auf einem Spaziergang geriet ich in eine Gruppe junger Männer, sie umzingelten mich, rempelten ein bisschen, einer schließlich zog am Tragegurt meiner Umhängetasche. Der nun war diagonal um meinen Oberkörper geschlungen, und ich geriet durch den Zug ins Straucheln. Mein Angreifer strauchelte mit, wir fielen übereinander, in den Straßengraben. Dort lag ich mit meiner immer noch umhängenden Tasche und einem fremden jungen Mann auf mir. Er sah mich an, aus der Position eines missionarischen Liebhabers. Ich streifte den Tragegurt ab, wie man einen bereits geöffneten BH abstreift, willentlich, wissentlich. Ich übereignete ihm meine Tasche, er ergriff sie und rannte mit ihr davon, bis er unvermittelt innehielt, in vollem Lauf. Er blickte sich nach mir um und kehrte zurück. Verstohlen legte er mir, die ich immer noch auf dem Rücken lag, mit einer zärtlichen Bewegung die Tasche auf die Brust, um sich, diesmal endgültig, davonzustehlen.

Meine Freundin Marianne liebte die Geschichte über meinen Beinaheliebhaber, sie entzündete ihre romantische Phantasie. Später erfuhr ich, Marianne hatte sie Dritten weitererzählt, in der ersten Person allerdings. Sie hatte sich meine Geschichte einverleibt. Vielleicht, um ihre Sehnsüchte mit meinem Leben zu stillen, das sie für das aufregendere hielt. Das mochte es bisweilen durchaus sein, aber auch ich hatte diese Geschichte bearbeitet, fiel mir ein, als ich von Mariannes Version hörte. Eine unvermittelt aufgetauchte Polizeistreife hatte den Jungen vom Vollzug seiner Tat abgehalten. Ich hatte sie herausgeschnitten, aus meiner Erzählung zunächst, später auch aus meiner Erinnerung an den jungen Mann und mich im Straßengraben von Rio.

Köln Concert

Mein erster richtiger Job war Protokollchefin beim Kölner Filmfestival. Im Grunde eher ein Titel als ein Job, und nach der dritten Ausgabe wurde das Festival ohnehin eingestellt. Ich hatte viel Spaß, viele Hostessen unter mir und viel Zeit für special guests, also all jene, die mich am meisten interessierten. Meine Protokollchefintage verbrachte ich in einem mit rotem Kunstleder bezogenen Clubsessel in der Lobby. Als eine Hostess mir Raymond vorstellte, interessierte er mich sehr, und nachdem ich am Abend seinen Film gesehen hatte, erst recht. Er war Libanese, die Filme drehte er in seiner Wahlheimat England, wo er mit seiner Frau und seinen Kindern lebte. Seine Stimme war hoch, und seine Filme waren politisch. Ich kannte Keith Jarrett nicht, darüber konnte er sich nicht beruhigen. Noch im Libanon kannte er bereits Köln, der LP »Köln Concert« wegen. Die schenkte er mir am zweiten der drei Köln-Tage, deren Nächte wir teilten. Später lief sein Film in Düsseldorf, was wir zum Anlass für ein Wiedersehen nahmen. Zur Begrüßung schenkte er mir einen Kaftan aus fester rosafarbener Seide. In Wien gab es ein weiteres Festival, auch dorthin reiste ich ihm entgegen. Das wenige Mehr, das uns über eine Affäre hinaushob, wurde zur Fallhöhe, als er sich von einem Tag auf den anderen nicht mehr bei mir meldete. Eher erstaunt als unglücklich ließ ich es gut sein und behielt ihn in bester Erinnerung. Jahre später fragte mich mein nach Klatsch heischender Freund Fabian, mit welchen Regisseuren ich denn − da hat er sicher »äh« gesagt − mal was hatte. Als die Reihe an Raymond kam, sagte er, der sei doch längst tot. Das wollte ich nicht glauben. Aber genau so war es. Im Libanon ums Leben gekommen, auf seiner Reise, die unmittelbar auf unsere Wiener Begegnung folgte. Mit dieser Nachricht und seinem rosa Kaftan im Gepäck flog ich, acht in Unwissenheit verbrachte Jahre später, von Köln nach Berlin, zu einem Rendezvous mit einem ebenfalls verheirateten Mann. Bevor ich aufbrach, setzte ich mich in die Ständige

Vertretung und trank im exilrheinischen Trubel zum ersten Mal im Leben mehr als einen Schluck Kölsch; das Gebräu war mein Trauertrank. Für einen Liebhaber, der sicher ohnehin aus meinem Leben verschwunden wäre. Aber eben nur aus meinem.

Wie der Fisch

Der Psychologe war mir von meiner Freundin Lili empfohlen worden. Er hieße Salm, wie der Fisch, sagte sie, so habe er sich bei ihr vorgestellt. Mir ging es seinerzeit nicht so gut, es waren Menschen gestorben, Dinge in Unordnung, und es gab einen Morgen in einem Regensburger Hotel, wo ein Aufstehen nie mehr möglich schien. Herr Salm bat mich zur Probestunde, ich wollte aber keine Probe, sondern einen raschen Einstieg. Er machte ein empörtes Fischmündchen und krittelte, dies sei keine geschäftliche, vielmehr eine möglicherweise sehr intime Beziehung. Da war schon klar, dass er der Falsche war, aber auch das Falsche kann sehenden Auges zur Beschlusssache werden. Fortan erzählte ich ihm einmal pro Woche Dinge. Dass ich nicht so viel kaufen wolle zum Beispiel, dass ich immer kaufe, alles, was ich schön fände, und ich fände vieles schön, und dass ich immer auch andern Geschenke machen müsse, wenn ich zu viel für mich selbst gekauft habe, und dann wiederum mir Dinge kaufen müsse, weil doch nunmehr die anderen so lange an der Reihe gewesen seien. Dass jeder Grund so schlecht sei wie der andere, aber auch jeder schlechte Grund Anlass genug böte zum Weiterkaufen und dass kein Geld zu haben definitiv nicht Grund genug darstelle, um mit dem Kaufen aufzuhören. Ich hätte wirklich gerne mal gewusst, was da los sei, schloss ich, mit mir und meiner Liebe zum Käuflichen. Herr Salm aber wollte im Grunde immer nur wissen, was ich beruflich so mache, wie viel ich womit verdiene und wie das mit den Geschäften so gehe. Er erwähnte wiederholt und ohne Not seine Frau, die auch selbständig sei, mit einem Übersetzerbüro. Wir kamen irgendwie nicht zusammen. Ich war zwar inzwischen gar nicht mehr so unglücklich, aber das konnte er ja nicht wissen. Auch terminlich gab es Missverständnisse. Ich ging dann schließlich einfach gar nicht mehr zu ihm. Seine Rechnung mahnte er nach drei Tagen das erste Mal. In der Woche darauf rief er in meinem Büro an und tyrannisierte die Sekretärin. Per Mail drohte er mit Pfändung der Firmenkonten. Die Tragödie eines lächerlichen Mannes, der versuchte, das kleine bisschen Intimität, das er von mir bekommen hatte, gegen mich zu wenden. Ein guter, ein sehr guter Grund für mich, mir auf Kosten seiner unbezahlten Rechnung erst mal wieder etwas Schönes zu kaufen.

Leergekauft

Kurz nach Weihnachten wollte ich wieder laufen gehen. Berlin lag im Schnee, und mir fehlten warme Teile. In dem Kaufhaus am Alex gab es im Grunde alles, auch wenn der Laden selbst nicht gut lief, wie zu hören war. Eine Verkäuferin mit Husky-Augen und sportlicher Kurzhaarfrisur schien besonders kompetent. Tatsächlich ging sie auch selbst laufen und wusste genau, was ich brauchte. Noch genauer wusste sie allerdings, dass dies sich in der gesamten Sportabteilung nicht finden ließe. Wir sind leergekauft sagte sie, die Sonderangebote mal sowieso, und alles andere ist auch weg. Mich schreckte das nicht. Ich gehörte zu der Generation, die sich »Geht nicht gibt's nicht« als Motto auf die Homepage ihrer Firmen stellte. Ich versicherte meinen Kunden draußen: Kriegen wir hin, und meine Mitarbeiter bestätigten mir später im Büro: Kriegen wir hin. Kriegen wir hin, sagte ich zu der drahtigen Verkäuferin und verströmte professionelle Zuversicht. Lustlos suchte sie herum, fand das Richtige in der falschen Größe oder das Falsche in der richtigen Größe. Ich aber wollte laufen gehen, sofort und draußen und nicht durch weitere Kaufhäuser. Vor allem aber wollte ich beweisen, dass wir es hinbekämen, und wenn nicht wir, so doch ich. In der Herrenabteilung fand ich dann auch Dinge, die das Anprobieren lohnten. Die Verkäuferin zeigte mir den Weg zur Umkleidekabine und zog den blassblauen Kabinenvorhang hinter mir zu. Die dritte Hose markierte meinen Triumph – alles so, wie sie gesagt hatte, dass es sein müsse, aber nicht da sei. Wie angegossen, sagen Verkäuferinnen, wenn sie so was sehen. Ich trat heraus und verkniff mir eine »Na siehste«-Miene. Die hätte ich aber ruhig aufsetzen können. Die Verkäuferin nämlich war gar nicht mehr da. Sie war auch in der ganzen Abteilung, auf der ganzen Etage nicht mehr anzutreffen. Sie war ganz einfach weg, davongelaufen.

Überzogen

Das rahmweiße Hauptgebäude des Gerling Konzerns prunkte wie eine falsch geparkte Luxuslimousine im Kölner Rotlichtviertel. In die Pracht seines marmorierten Großfoyers hatte die Kölner Bank eine Filiale installiert. Meine ersten Einkünfte brachte ich dorthin, die ersten von mir verfassten Zeitungsartikel auch, später die neugeborene Tochter; ich hielt sie auf dem Laufenden. Ein paar Mark Überziehung duldeten sie dort immer, und wenn ich Herrn Kolasa und seinen beiden Kolleginnen die rosa oder babyblauen Durchschläge der Honorarvereinbarungen vom WDR zeigte, wurden auch schon einmal größere Beträge ausgelegt. Herrn Kolasa fiel vor Freude regelmäßig das rote Telefon von der kleinen mit einem Schwenkarm versehenen Ablage, wenn er mich von weitem hereinkommen sah. Er selber wurde dann auch meist sehr rot. Die Filiale wurde später in eine neue, hässliche Bankzentrale am Ring integriert, lange bevor auch Gerling seine Mitarbeiter aus der Innenstadt in ein weiteres hässliches Gebäude wegfusionierte. Die häufig wechselnden, aber immer jovialen Ansprechpartner nach Herrn Kolasa forderten für jede Erhöhung oder Überziehung des Dispos den Abschluss irgendwelcher Verträge aus dem Angebot der Volksbank. In ihren wabenähnlichen, mit gläsernen Wandflächen von der Haupthalle abgeschirmten Büros unterschrieb ich ihnen, was sie wollten. Auch diese Glasbüros wurden im Rahmen der letzten Umbaumaßnahme abgeschafft. Vollends entmachtete Berater standen an luftig im Großraum verteilten Serviceinseln und legten der verbliebenen Laufkundschaft E-Banking nahe. Für Überziehungen waren nunmehr Stimmen zuständig, die am Telefon zunächst nach der Kontonummer und dann erst nach dem Namen fragten. Fremd geschult im Austarieren der Stimmlage zwischen nötiger Härte und angemessenem Bedauern, parierten sie persönliche Notlagen mit dem Begriff »Basel II« und Blicken auf die Bildschirme ihrer mit der entsprechenden Ablehnungs-Software ausgestatteten Rechner. Ansonsten konnten sie nichts dafür und konnten auch nichts machen, außer einer weiteren Fortbildung, auch die gleich vor Ort am Bildschirm der bankeigenen Rechner. Ab und zu trafen wir uns wieder, Herr Kolasa und ich, wenn ich am EC-Automaten unten an der Zentrale Geld abhob. Sein Haar war mit den Jahren ein wenig schütter geworden. Er saß, seit langem schon, oben im achten Stock und arbeitete dort, in der Abteilung für elektronische Bankleistungen, an Softwarelösungen, wie er es nannte.

Blitzeis

Es war sehr dunkel in meiner Hinterhofwohnung. Ich hatte sie trotzdem gern. In jedem Raum gab es einen unterschiedlichen Bodenbelag, und die Fensterrahmen waren mal weiß, mal braun gestrichen. Es wohnten ständig wechselnde Gäste dort, die ihrerseits vielfältige Spuren hinterließen. Vor allem während des Filmfestivals war das Gästezimmer so begehrt wie vollgepackt, aber da war ich ohnehin unterwegs, bei Tag und bei Nacht. Bei Tag lernte ich den Schauspieler kennen, der immer noch ein Weltstar war, obgleich er sich an TV-Serien verschwendete. Während der Interviewpausen erzählte er mir von seinem Anwesen in Los Angeles, seinen vielfältigen Hobbys und seiner Abneigung gegen Wolle. Er war überaus nett und für einen Schauspieler gar nicht einmal dumm. Bei Nacht fuhren wir mit der Limousine des Hauptsponsors seine vielen Termine ab. Die Hysterie war überall groß, die Drinks allgegenwärtig, und allmählich fielen seine höflichen Berührungen beim Ein- und Aussteigen etwas ausführlicher aus. Es wurde spät und die Nacht sehr kalt. Wir verließen die letzte Bar und stiegen zu dem wartenden Fahrer in die Limousine. Meine kalte Hand mit beiden Händen umschlossen haltend, fragte er mich, ob ich verheiratet sei. Wie er denn darauf komme, fragte ich, bevor mir einfiel, wie Amerikaner so sind. Er auf jeden Fall sei Single, sagte der Weltstar ohne Nachdruck. Er gefiel mir durchaus, aber mir gefiel nicht, dass er allen anderen auch gefallen wollte. Dann fragte er mich, wo ich wohne, und ich zeigte ihm meine Straße, die ohnehin auf unserem Weg lag. Is it a nice place?, fragte er höflich, und ich antwortete rasch mit Ja, bevor mir einfiel, dass seine Frage möglicherweise nicht nur höflich gemeint war. Er wollte dann nicht gleich in sein Hotel, sondern unbedingt noch das Holocaust-Mahnmal besichtigen. Inzwischen hatte sich nach leichtem Regen Blitzeis gebildet, wie wir feststellten, als wir das Stelenfeld betraten. In mantelloser Abendgarderobe schlitterten wir eng umschlungen über den abschüssigen Boden. That's intense, sagte der Weltstar. Ich lieferte mein schlotterndes Mündel in seinem Fünfsternehotel ab, bevor ich mich, meinerseits schlotternd, nach Hause fahren ließ und meine Wohnung mit seinen Augen betrachtete. Ich sah, wie verwohnt die ohnehin nicht idealen Räume waren, und mochte sie auf einmal gar nicht mehr. Gleich nach Ende des Filmfestivals habe ich sie dann nach sieben glücklichen Jahren im Stich gelassen und mir etwas Besseres gesucht.

Ton in Ton

Meine Berliner Wohnung öffnet reihum Sicht; auf den Alexander-
platz, den Strausberger Platz und den der Vereinten Nationen. Es
ist ein großzügiger Blick, den sie auf die Prachtstraßen des ehemaligen Ostens wirft. Im Norden gleiten Flugzeuge wie schmale
silberne Kugelschreiber Richtung Tegel. Im Innern leuchtet ein
roter Linoleumboden, braune Samtvorhänge dämpfen sein Rot,
und Bilder schauen mich an. David Lynch hat eines davon gemacht.
Ein brathähnchenhaftes Wesen turnt auf einem Hochhausdach,
das dem des südlich gegenüberliegenden Hauses so sehr ähnelt,
als habe David längst aus dem Fenster dieser Wohnung geblickt,
in der seine Bücher und Filme Regalreihen füllen. Die Fassade des
Hauses Richtung Alex ist in Türkis und Gelb gehalten. Die Farben
habe ich an den Wänden der Kölner Wohnung aufgegriffen. Lila
und Pink kommt dort an weiteren Wänden hinzu, und der Boden
ist dunkelbraun, wie mein Freund Dereyo, der ihn geölt hatte,
Ton in Ton mit sich selbst. Die Fenster sind kleiner, die Räume
niedriger als in Berlin, aber die Küche ist groß, und es gibt einen Dachgarten, während im Osten Berlins nur ein Austritt fürs
Paradejubeln genehmigt worden war. Die Vergangenheit wohnt
in Kölns Belgischem Viertel, die neuen Gewohnheiten in Berlin-
Friedrichshain. Ich betrüge meine Wohnungen miteinander und
mich selbst mit der Bedeutung, die ich ihnen auflade. Sie um-
hüllen mich mit meiner jeweiligen Version Identität. Ich habe sie
gestaltet, und nun sollen sie mich spiegeln, kristallisieren. Vier
Stunden und zwanzig Minuten ICE-Fahrzeit verbinden meine
Schöpfungen. Ich möchte keine der beiden missen, aber je mehr
ich ihnen auflade, desto klarer wird die Willkür des Konzeptes.
Es ist nicht der Ort an sich, der zur Heimat wird, sondern die
unternommene Anstrengung, mit der man ihn sich einverleibt.
Heimat ist, wie Liebe, eine Beschlusssache.

Vielleicht ich

Auf dem Weg zu einem Termin fuhr ich mit dem Fahrrad die Karl-Marx-Allee entlang. Plötzlich wusste ich nicht mehr, wie spät es war und ob ich mir das mit fünf Uhr bloß ausgedacht hatte. Ich hielt inne und stutzte. Da trat Demis vor mich auf den Fahrradweg und wollte einen Kaffee trinken gehen. Das nun wollte ich nicht, aber aus Versehen gab ich ihm meine Telefonnummer. Er rief dann ein gutes Dutzend Mal an und sagte immer so fröhlich, dass er es sei, Demis, bis ich es gut sein ließ. Demis kam ins Café mit drei in Zellophan verpackten weißen Rosen und ließ mich raten, woher die wohl kämen. Ich vermutete, aus Neukölln, wie der ganze Mann, aber nein, Demis war sehr stolz, nein, sie kamen aus – Athen! Demis nämlich war Grieche und Musiker. Er spielte Bouzouki und sang griechische Lieder, eben von jenen Rosen aus Athen oder »Anita« von Costa Cordalis, mit dem war er auch schon aufgetreten, oder etwas von Vicky Leandros. Und das in Halle, Rostock, oft in Berlin und manchmal sogar in München. Er hatte ein Haus in Griechenland, und das wollte er mir zeigen. Ich erinnerte ihn an jemanden, an Marilyn Monroe, dachte er zunächst, aber dann war es doch die griechische Cousine, bis er sich auf Maria Callas festlegte, eine Griechin und eine Sängerin, erklärte er mir. Er erklärte mir auch, wer Alexis Sorbas war, nach ihm war Demis Band benannt. Ich selbst musste gar nichts erklären, in dem Café bei Weizenbier und Pfefferminztee. Demis wusste bereits alles. Dass er für mich kochen würde, Fisch, wir viel Wein dazu trinken würden, dass sich etwas ergeben würde zwischen uns, nicht unbedingt Sex und Beziehung, aber ausgeschlossen sei auch das nicht. Drei Astrologen hatten ihm unabhängig voneinander erklärt, er werde eine Frau treffen, die reich sei, schön sei und die ihn liebe. Und vielleicht, schloss Demis, sei diese Frau ja ich. Dann bat er mich, die Blumen auf den Arm zu nehmen, und machte ein Handy-Photo von den Rosen aus Athen und Maria Callas. Er fuhr mich die paar Meter nach Hause zum Strausberger Platz. Für den heruntergekommenen Wagen entschuldigte er sich nicht, wohl aber für den Gestank. Vor geraumer Zeit war ihm auf dem Rücksitz Milch ausgelaufen, was sich bei laufender Heizung deutlich bemerkbar machte. Aber der Weg war ja kurz, und auch mir hatte man von klein auf gesagt: Hör auf zu singen, die Milch wird sauer.

Zwischengeschoss

Der Zug nach Berlin war voll, verspätet, und bei der Ankunft am Hauptbahnhof war dort noch eine Menge los für die Zeit nach Mitternacht. Wie immer konnten zuvor die Trittstufen in Hagen nicht ganz ausgefahren werden, erfolgte die Zugankopplung in Hamm, bevor sich die zwei frisch vereinigten ICEs auf die Rennstrecke Hannover–Berlin begaben. Feiertag oder Ferien, irgend so etwas erklärte wohl das nächtliche Treiben. Er war immer noch neu und sehr sauber, der Hauptbahnhof, und die üblichen Geschäfte säumten, dauergeöffnet, die treppauf, treppab verlaufenden Etagen. Der Weg zum Taxi führte vom oberen Gleis abwärts über das Zwischengeschoss. Dort rollten zwei junge Frauen vor einer Sitzbank ohne Rückenlehne eher zögerlich ihre Isomatten aus. Die Rucksäcke hatten sie auf dem sauberen Boden abgelegt. Ich sah ihnen eine Weile zu, weit gereist sahen sie aus, müde und ziemlich nett, nicht viel älter als meine Tochter. So unwirtlich schienen die hellgrauen Bodenplatten. Ob sie einen Schlafplatz bräuchten, fragte ich sie, ich hätte eine Wohnung übrig. Sehr schnell rollten sie die Matten wieder zusammen und folgten mir in die dunkle Wohnung, die ich hinter mir gelassen hatte. Sie kamen aus Lanzarote, sprachen schlechtes Englisch und machten Interrail. Sie hatten ihren Zug verpasst, ihre Berliner Kontaktadresse nicht erreicht, wie es so ging. Die Wohnung gefiel ihnen, ich verabschiedete mich. Sie hinterließen sie ordentlicher als zuvor und hatten mir einen Zettel auf den Tisch gelegt, ein Dankeschön mit Schmetterling und einer Giacometti-haften Zeichnung zweier Frauen. Thank you very mach, stand darunter und zuletzt: Happy good life.

Auf dem Weg nach Leipzig kam ich, Wochen später, an derselben Bank vorbei. Diesmal lag nur eine junge Frau auf den grauen Bodenplatten. Um ihren Kopf verlief sich eine imposante Blutlache. Ihr Rucksack lag auf dem Boden, Bahnhofspersonal umringte sie eher sachlich. Das Bild ergab keinen Sinn. Woher die Verletzung, wieso war sie allein, und warum war niemand aufgelöst? Gerne wäre ich Ärztin gewesen oder sonst etwas Sachdienliches, eine Zweitwohnung war hier ohne Wert. Ich fuhr fort.

Als ich am Abend zurückkehrte, war das Blut vollständig beseitigt, der Boden sauber, wie es sich gehört für einen neuen, schönen Hauptstadtbahnhof mit vielen Geschäften.

Unfall total

Sarahs Haare waren auf elektrische Wickler gedreht, die Stirn war neuglatt und das Gesicht von einem polnischen Visagisten bereits sehr stark geschminkt. Sie war mir ein wenig fremd in ihrem Zimmer im Estrel, einem Ort, an dem Fremdheit gezüchtet wurde. Wie in Hotels in Las Vegas war alles groß und nichts schön. Und jeden Abend fanden Revuen statt, mit Leuten, die vorgaben, sie seien Marilyn Monroe. Oder Elvis. Und die Leute, die in der viel zu großen Lobby saßen, sahen aus, als glaubten sie ihnen das auch. Eine Versicherung feierte hier den Abschluss ihrer Vertretertagung. Das Motto: Agent 008-Lizenz zum Betreten. Sarah gab das Bond-Girl, eine deutlich weniger schöne Frau die Moderatorin. Gemeinsam standen sie verloren auf der sehr breiten, mit blauen und weißen Luftballons wie zum Kindergeburtstag dekorierten Bühne. Auch der Saal war viel zu groß, selbst für die sechshundert Gäste. Den Metallstühlen hatte man einen Überwurf aus weißem Satin verpasst. Er saß so schlecht wie die Stretchkleider der wenigen weiblichen Gäste. Vierzehn der sechshundert Gäste im Saal bekamen einen Preis. Die Kategorien hießen »Unfall total« oder »Unfall Stückzahl«. Die Preisträger gingen auf die Bühne, und Sarah küsste sie je zweimal. Achtundzwanzig Küsse in einem Escada-Kleid, das machte dreißigtausend Euro für sie. Sechstausend Euro für uns. Das vergangene sei ein schwieriges Geschäftsjahr gewesen, erzählte mir ein leitender Versicherungsmann, während er Sarah auf der Bühne beim Küssen zusah, man habe viele Mitarbeiter bewusst verloren. Ich floh in die Garderobe, wo mir die wenig schöne Moderatorin unverlangt erklärte, wie akribisch sie sich auf ihre Texte vorbereite, nichts dem Zufall überlasse und dass sie überhaupt ein sehr professioneller Typ sei. Für die Abschlussmoderation legte sie eine lilafarbene Federboa an, das Publikum draußen möge diesen Schuss Verruchtheit. Weit nach Mitternacht saß ich im Taxi. Im Radio sang Michael Jackson »Heal the World«.

Veränderung

Bei der »Hörzu« wurde seit geraumer Zeit überlegt, wie man mit dem irreführenden Namen verfahren sollte. Die Programmzeitschrift war ja älter als das Fernsehen und die Leserinnen meist älter als gewünscht. Bei uns zu Hause gab es auch seit jeher dieselben zwei Zeitschriften: eben die »Hörzu« und die »Brigitte«. Obwohl beide Medien sich stetig zu verjüngen suchten, blieb meine Mutter ihnen treu wie eine Ehefrau ihrem Mann, der nach jungen Frauen schielt. Einmal im Jahr verlieh die »Hörzu« ihre Goldene Kamera an berühmte Menschen. Meine Mutter schaltete jedes Mal den Fernseher ein und guckte, ob sie ihre Tochter im Publikum entdecken könnte. Auch die Dreiundachtzigjährige Mutter meines alten Freundes Frosch guckte diese Verleihungen. Sie lebte über fünfzig Jahre ganz oben in einem Bürohaus in Köln-Mühlheim mit Blick auf die städtebaulichen Verfehlungen der vergangenen Jahrzehnte am Wiener Platz. Schlimmer als diese fand sie die Verelendung der Gegend; man hatte ihr innerhalb kurzer Zeit drei Portemonnaies gestohlen. Sie fuhr seither lieber ins benachbarte Delbrück zum Einkaufen. Allerdings fielen ihr diese Fahrten zunehmend schwerer, weil Sicht und Kondition nachgelassen hatten. Sie jammerte nicht, sie beschrieb Veränderung bei meinem Besuch. Sie sprach fest und korrigierte sich manchmal, wenn ihr, der polnischen Dolmetscherin, die Worte nicht genau genug waren. Jammern schien ihr nie genau genug zu sein. Der Frosch saß neben ihr; er wohnte im selben Haus, hielt einen Windhund und hatte gerade nicht so viele Zähne. Er nannte sie »Die Mamm«, sie nannte ihn »Junge«. An ihrem Küchentisch unterrichtete sie dreimal die Woche einen russischen Studenten in Deutsch und war sehr streng mit ihm, wie sie sagte. Er mache gute Fortschritte und sei sehr stolz auf die Veränderung, die sie ihm ermöglichte. Auf dem Küchentisch lag die aktuelle Ausgabe der »Hörzu«, daneben eine Lupe. Das Titelbild zeigte zwei sehr junge Frauen, die mit verträumtem Blick im Gras lagen. Ich habe meiner Mutter, als sie siebzig wurde, zu ihren beiden Stammblättern ein Abonnement von »Brigitte Woman« geschenkt. Für Frauen ab vierzig.

Jedes Ziel ist ein Zuhause

Ende Januar stellten der Festivalchef und sein Team das Programm für die kommenden Festspiele vor. Man kannte es weitgehend, konnte es auch problemlos nachlesen, die Kalauer waren mit den Dienstjahren des Festivalchefs bekannt oder mindestens vorhersehbar geworden. Ungefähr sechshundert Journalisten wollten Zeugen der Vorstellung werden. Der Festivalchef bedauerte das fehlende politische Engagement der Zeit, trauerte mit launigen Worten dem Aufbegehren und Sound des Gestern nach und war sich auch ansonsten seiner selbst und seiner Sache sehr sicher. Zur selben Zeit formierte sich ganz in der Nähe Unter den Linden eine kleine Demo. Eine Handvoll Demonstranten schickte sich an, gegen die Polizei im Allgemeinen und eine internationale Polizeikonferenz im Besonderen zu protestieren. Auf einem Banner stand zu lesen: »Jedes Ziel ist ein Zuhause«. Es gab Unter den Linden bereits sehr viel Polizeikraft. Auf dem Weg Richtung Alex schlossen sich ihnen immer weitere Kollegen im Laufschritt an. Sie demonstrierten gegen die trödelnden Demonstranten, die sich wiederum gegen die Überwachung von allem und jedem wehren wollten und auch mal abschweiften, um über die Flüstertüte Solidarität etwa für eine gewisse Andrea einzufordern, die ab und zu »ohne Geld« einkaufen ging. Am Alex stieß ein weiteres Dutzend Mannschaftswagen zu der grünen Umringung, immer mehr Staatsmacht für die weiterhin nicht mehr als eine Handvoll Trödler. Ungefähr sechshundert bewaffnete Zeugen eines gegen null tendierenden Gefahrenpotenzials waren es schlussendlich auch dort. Über die wenigen auf Eskalation hoffenden Berichterstatter hinaus interessierten sich die Journalisten nicht für die Protestierenden. Die wiederum interessierten sich nicht für die Festspiele, auf denen der Festivalchef ihresgleichen ja auch nicht ernsthaft erwartete. Sechshundert Journalisten, sechshundert Polizisten, unverhältnismäßig viele jeweils, an einem unverhältnismäßig warmen Berliner Wintertag.

Schleudersätze

Ich rede immer. Selten weiß ich, was ich sage. Ich rede, wenn ich müde bin, zum Wachbleiben. Ich rede, wenn ich unglücklich bin, zum Vergessen. Ich rede, wenn ich glücklich bin. Vor Überschwang. Wer redet, lernt nicht, sagt Dick Cheney. Meine Worte bringen mir nichts bei. Sie formen Gebilde ohne Farbe und Kontur, sie sind nicht physisch, also keine Materie, die dann irgendwo im Universum erhalten bliebe. Dampfplaudern, alles verzieht sich. Mein evangelischer Pfarrer, der mich als Konfirmandin befummelt hatte, fand für mich einen Konfirmationsspruch aus den Korinthern: Ich glaube, darum rede ich. Ich war begeistert. In Wahrheit aber rede ich, weil ich gar nichts glaube, weil es die Worte sind, die alles zunichte machen, was sie zuvor bezeugt haben. Es gelte, sagt man, das gesprochene Wort, so wenigstens steht es häufig auf vorab verteilten Redemanuskripten gestempelt. Am besten gleich selber vorne stehen, wer vorne steht, gilt am meisten, stehend die Rede wenden, an die Fremden im Saal, Fremde überall, das Fremde ignorieren, begraben unter dem Redegeröll. Auch die besseren Erkenntnisse, die Evidenzen, die klugen Gedankensplitter werden in den Mahlstrom gerissen, ihre Bedeutung zermalmt, der schieren Masse wegen. Redselig, redsüchtig. Nicht von der Seele, sondern um Sinn und Verstand reden. Selten in vollständigen Sätzen, aber mit rudernden Gesten und voller Emphase. Alles muss raus, Schleudersätze zu Schleuderpreisen. Und dann den Laden dichtmachen. Es ist irgendeine, die da redet. Ich höre ihr nie zu, es gibt nichts, was sie mir zu sagen hätte.

An der Wursttheke

Es war ein Irrsinnsjahr. Irrsinnsmonate voll falscher Männer, Hoffnungen, Substanzen. Unfähig, nein zu sagen. Nein, ich kann nicht, nein, ich will nicht, nein, ohne mich. Überforderung und Entfremdung sind hässliche Schwestern, noch dazu selbst gezeugt. Murks gebiert Murks. Zwei Tage vor einer Murksveranstaltung, aus einer von brutalen Handwerkern vermurksten Wohnung, unserer Wohnung, unbewohnbar, diese Wohnung, Teil der großen Zumutung, zu der sich die Welt in jenen Tagen verklumpt hatte, kam meine achtzehnjährige Tochter zu mir ins Büro, zum falschen Zeitpunkt natürlich, die richtigen waren uns ja längst ausgegangen. Ich zieh aus, sagte sie, bevor ich ihr sagen konnte, dass ich keine Zeit hätte. Meine Mutter hatte Zeit genug, als ich sie ihr damals sagte, achtzehnjährig, diese Worte, im Garten unseres Reihenhauses. Zeit haben war nie ihr Problem gewesen. Ich zieh aus, sagte ich zu ihr, und ich will kein Geld von euch. Meine Mutter legte die Wäsche in den Korb, die sie von der in das Gras der Wiese gerammten Wäschespinne abgehängt hatte, nickte und ließ mich ziehen, weg aus dem Vorstadtleben. Auch ich nickte, während meine Tochter ins Detail ging, wohin, mit wem, warum, wie viel. Kein Streit mehr, dachte ich, zwei Räume mehr, was ich da reinstellen könnte, meine Mutter hatte damals alles stehen gelassen in meinem grünen Jugendzimmer, bis zur Scheidung und der damit verbundenen Auflösung des Hausstandes. Wie sehr wir gestritten hatten, meine Tochter und ich. Ich will, dass du mich wieder respektierst, sagte sie, ich hab Scheiße gebaut, aber ich bin kein schlechter Mensch. Dabei hatte ich niemanden für einen schlechten Menschen gehalten, sie nicht, mich nicht, nur unser Leben, es war außer sich vor Murks. Wochen später ging ich einkaufen, eilig, routiniert, spät, den Kopf voll, neue Veranstaltungen, neuer Murks oder einfach eine andere Stelle der Murksmasse, die sich durch diese Monate zog. Ich legte Putenfleischwurst in den Korb, auch so eine rosafarbene, träge Masse, undefinierbare Zutaten in eine glitschige Pelle gezwängt. In diese Betrachtung drang es ein: Mein Kind ist weg, ich brauche keine Wurst zu kaufen. Ich esse keine Wurst. Die wäre für sie gewesen. Für meine Tochter, aber sie war ja weg. Ich habe es dann getan, ich habe geweint, gleich dort, vor der versammelten Wurst.

Lola-Mensch

Meine Eltern waren immer gegen Haustiere. Trotzdem gab es irgendwann einen Dackel. Sein vorläufiger Name war Pitt, und wir übernahmen den wie das ganze Tier vom Züchter. Dackel seien hinterlistige Tiere, sagte meine Mutter, nachdem Pitt mich beim Spielen im elterlichen Bett in die Hand gebissen hatte. Nicht wirklich fest, aber ich war weinerlich und lieferte einen guten Grund, Pitt nach sechs Monaten wegzugeben. Den nächsten Hund nannten wir Flygo, nach einem spanischen Kellner, der meine Schwester und mich im Pauschalurlaub begeistert hatte. Flygo war ein netter Cockerspaniel, er biss nicht, aber wir kümmerten uns beide nicht recht um ihn, und so gab meine Mutter auch ihn fort. Mit achtzehn zog ich zu einer Frau mit hennarotem Haar, wir hatten uns bei einer Hausbesetzung kennengelernt. Nach einigen Wochen brachte sie einen Welpen in das Dunkel unserer Parterrewohnung am Kölner Blaubach. Er ging mir verloren, als ich ihn in einer Grünanlage von der Leine ließ. Allzu lange suchte ich nicht nach ihm. Auch einen Namen hatten wir für ihn vorher nicht gefunden. Mit Katzen lief es nicht besser. In New York war Annette und mir ein Kater zugelaufen, den wir Warhola nannte, nach Andy Warhol. Wir nahmen ihn im Flugzeug mit auf die Heimreise. Unsere Kölner Wohnung war komplett mit Silberfolie beklebt, auf der Warhola fortwährend ausrutschte. Zur Strafe ejakulierte er in alle Schuhe von mir und nur von mir. Fortan stanken sie bestialisch. Nachts zog er uns mit den Zähnen die Bettdecke vom Leib. Wir gaben ihn später Annettes Mutter; Frau Beck lebte in einem Haus mit großem Garten am Gustorferweg. Auf eben dem geriet Warhola allerdings nach sehr kurzer Zeit unter die Räder eines Autos. Als meine Tochter mit zehn den altersüblichen Hund beschwor, konnte ich sie auf eine Katze herunterhandeln. Struppi hatte die tierliebe Vorbesitzerin sie genannt. Der Name konnte nicht bleiben, und meine Tochter wusste sofort Ersatz. Sie nannte die dünne Katze Lola, nach Lola, ihrer besten Freundin, der Freundin fürs Leben, wie beide glaubten. Lola-Mensch und Lola-Katze sagten wir dann immer, um Klarheit zu schaffen. Lola-Mensch scheiterte Jahre später an der höheren Schule, der gemütskranken Mutter und den ins frühreife Leben gelassenen Jungen. Die Freundschaft hatte am Ende beiden nicht mehr gepasst. Meine Tochter liebte weiterhin ihre Katze und pflegte den Erinnerungsschmerz an die Freundin, den sie mit der Namenszuweisung seinerzeit längst in Betracht gezogen hatte. Meine Tochter ging dann fort. Lola blieb bei mir, die ich auch viel fort war. Ich mochte sie aber nicht mehr weggeben.

Flying Doctor

Sehr spät wurde ich noch einmal schwanger. Das war eigentlich unmöglich, ungewollt sowieso und unpassend erst recht. Nichts sprach dafür, es zu machen, aber entschieden wird so etwas nach anderen Regeln, also ließ ich es zu. Als die Blutungen einsetzten, hatte ich viel zu viel zu tun, um mich darum zu kümmern. Am Ende wurden sie haltlos, die Blutungen. Spätabends setzten die Wehen ein. Im vierten Monat. Ich wusste nicht, dass man so früh schon gebiert. Ich dachte, man menstruiere eher beiläufig ein Embryo. Wenn Schmerzen aussichtslos sind, werden sie unerträglich. Ins Krankenhaus hätte ich es nicht geschafft, nicht einmal bis in den Krankenwagen. Ich rief den Notarzt an und wand mich auf dem Parkett. Nach zwei Stunden war kein Notarzt, aber die Totgeburt eingetroffen, abgegangen, die Schmerzen weit genug abgeklungen, um sie aushalten zu können. Da endlich klingelte es, und Erna Franck kam herein. Sie war alt und rüstig und schalt mich, weil ich nicht rechtzeitig einen Arzt aufgesucht hatte. Nun, da das Gröbste vorbei war, hatten wir alle Zeit der Welt. Achtundsechzig Jahre war sie alt, mit achtundfünfzig noch hatte sie ihren Flugschein gemacht. In Australien arbeitete sie fortan als Flying Doctor im Busch, was ihr zur Erfüllung wurde. Doch nach drei Monaten des Glücks erkrankten ihre Augen, und es war vorbei mit dem Fliegen. Sie kehrte nach Deutschland zurück und übernahm, mehr und mehr in die Jahre gekommen, nur mehr den Notdienst beim Notdienst, wenn sonst keiner konnte. Ja, dachte ich erschöpft, so ist das, wenn es zu spät ist. Für sie, für mich, für die Dinge, die kommen, aber nicht bleiben.

Kein Glück

Einmal an Weihnachten hatte ich versucht, es anders zu machen. Wir feierten ausnahmsweise bei mir zu Hause. Meine Restfamilie – ohne Vater, wie gehabt –, ein paar meiner Freunde und Anne, die beste Freundin meiner Mutter. Ich hatte mir etwas zur Auflockerung ausgedacht. Jeder Gast sollte nach dem Essen erzählen, was ihn im vergangenen Jahr am meisten beglückt hatte. Zu jeder Geschichte sollte ein gehäufter Löffel Kaffeepulver in den Papierfilter gegeben werden. Nach der letzten Geschichte würde der Kaffee aufgebrüht und sich unser Jahresglück zu einem gemeinsamen Abschlussgetränk vermischen. Das hat viel Freude bereitet, wir liebten es, unsere Geschichten zu erzählen. Bis die Reihe an den dicken, aber sehr dünnhäutigen Lebensgefährten meiner Mutter kam. Er weigerte sich, er habe nichts, ihm falle nichts ein. Och, sagten wir leichthin, komm schon, es muss nichts Besonderes sein. Er senkte seinen Kopf und blieb stur. Ein ganzes Jahr ohne etwas Schönes oder kein Wille, es heraufzubeschwören. Eingeschlossen das Glück, auch das der ersten Jahre mit meiner Mutter, in der Fülle seines Leibes, eines Leibes, der sich Jahr für Jahr mit einer neuen Schicht gegen die Möglichkeit eines nach außen dringenden Gefühls pufferte. Das größte Glück meiner Mutter war die Nachricht, dass Anne den Krebs besiegt hatte. Annes glücklichste Erfahrung war der Beistand meiner Mutter. Sie hatten das einander nie gesagt.
Im folgenden Sommer kehrte der Krebs bei Anne zurück. Unheilbar. Meine Mutter blieb bei ihr, bis sie starb. Das nächste Weihnachtfest war wieder alles wie gehabt. Die Restfamilie versammelte sich bei meiner Mutter; meine Freunde fehlten und Anne sowieso. Niemand sprach von ihr und von dem Glückskaffee erst recht nicht, dem im Vorjahr ein Löffel zum Glück gefehlt hatte. Schlussendlich war es jedoch nicht der Lebensgefährte, sondern das Leben selbst gewesen, das unser Spiel verdorben hatte.

Wir Groupies

Es gibt eine Geschichte, ich weiß, sie ist wahr, nach der eine Frau ihren Mann verließ, weil sie den Film »Titanic« gesehen hatte. Sie wusste, dass ihr Mann sie liebte, aber sie wusste auch, dass seine Liebe niemals so groß sein würde wie die Leonardo DiCaprios für Kate Winslet. Liebe muss der Fiktion standhalten können, zu der wir sie gemacht haben, das allerdings ist ihr auf wesentliche Weise unmöglich. Also behilft man sich mit der Erinnerung an den Moment, an dem alles möglich schien, am Anfang, kurz vor oder nach dem Beziehungsfall. Mit der Zeit und den Fällen erschöpft sich die Möglichkeit einer solchen Erinnerung an der Erfahrung. Schauspieler lösen das Problem durch die Sehnsucht, die sie nähren, und die Nähe, die sie verwehren. Sänger noch viel mehr. Wir Groupies berauschen uns an ihrem Momentum auf der Bühne, lassen es mit jedem Hören der Songs wiederaufleben. Seinen Hit »Uncivilized Love« hat Gus Black nicht gesungen, neulich im Blue Shell, wie es die Fans forderten. Aber es ging ihm gut da vorne, mit den beiden schönen, phlegmatischen Sängerinnen an seiner Seite formte er ein gleichsam autistisches Drillingspaar. Die Zugabe sangen sie a capella mitten im Publikum; der Abstand war ohnehin unüberwindlich. Randvoll mit der bittersüßen Gewissheit der Vergeblichkeit geht man nach Hause. Dort ist dann jemand. Oder nicht.

Rigips

Die erste Woche auf Zypern wohnten meine Tochter und ich im Haus meiner Freundin Silke. Sie versuchte stets, es ihrem Mann recht zu machen, der aber wollte sie schon nicht mehr so recht und belehrte sie viel. Das gemeinsame Haus im Süden war im Grunde bereits von Anbeginn ein Schlusspunkt. Sie lebten dort nur kurze Zeit, bevor ihr Mann sich in eine neunzehnjährige Albanerin verliebte, die rasch schwanger wurde. Silke lernte in einer dem Partnertausch zugewandten deutschen Vorstadtdisco den Elektriker Frank kennen, mit dem sie ihrerseits rasch ein Kind hatte. Das Zypern-Haus kam in die Scheidungsmasse. Es war ohnehin nicht wirklich schön, und also suchte ich eine andere Bleibe für meine Tochter und mich. Auf unserem Streifzug entlang der Küste stießen wir am Abend auf das Hotel Dionysos. Die Lobbygestaltung suchte mit Rigipssäulen und mosaikhaftem Boden den Hotelnamen zu unterstützen. Ein Mann mit Zopf und kräftigem Kinn sah in der Couchecke fern. Der Fernseher war sehr klein, aber es lief »Cincinnati Kid« in der Originalversion. Wir setzten uns zu ihm, und Steve McQueen beeindruckte uns alle drei. Jordanis hieß der Rezeptionist. Er machte uns ein gutes Angebot, und wir nahmen das Zimmer unbesehen. Seine Augen waren flüssiges Gold und sein Deutsch sehr sorgfältig; er hatte in Heidelberg Sport studiert. Statt ans nahe liegende Meer legte ich mich täglich an den Hotelpool, den Liegestuhl mit Blick auf die Rezeption plaziert. Jordanis brachte mir manchmal Cocktails, zweimal knutschten wir in seinem Auto, bevor ich mit Silke, meiner Tochter und weiteren Teenies in die Disco ging, wir die Happy-Hour-Doppelportion »Sex on the Beach« tranken und zu den aktuellen Urlaubshits tanzten. Jordanis rief oft an, nachdem ich wieder in Deutschland war, am Telefon sagte er kluge Sachen. Trotzdem rief ich nie zurück. Auch Silke suchte weiterhin meine Nähe, wir hatten so viel gemeinsam erlebt, früher. Aber auch sie musste mich oft bitten. Nur Steve

McQueen, da blieb ich dran. Ständig sah ich mir »The Thomas Crown Affair« an. Eigentlich mochte ich keine blonden Männer, aber eine Urlaubsliebe hat eigene Regeln.

Fußballerbeine

Am Lago Maggiore feierte ein Freund mehrere Tage seinen runden Geburtstag, so wie andere derzeit gerne heiraten. Die Gäste waren Paare und nah an der Sechzig, die meisten wenigstens. Es war schön, aber ich war allein und suchte mir untertags andere Orte. Ein kleines Strandbad gefiel mir, und bereits beim ersten Hineinschauen fing mich der Bademeister ab. Er war auf italienische Weise blond und nur mit einer weiten Badehose bekleidet. Er brachte mir gleich einen Liegestuhl mit kleinem Klapptisch und servierte mir das Mineralwasser mit Eis und Limonenschnitzen. Immer wieder fragte er, ob er mich einreiben könne. Das nun konnte ich allein, überall, aber ich ließ ihn machen. Italienisch konnte ich nicht und er nichts anderes. Auch ein Klischee kann nett sein. Er war nett und hatte Fußballerbeine. Giuseppe, stellte er sich vor. Als ich mich zu gehen anschickte, bekam ich einen Weißwein und die Bitte um einen Kuss. Zahlen ließ er mich nicht. Am nächsten Tag hatte der Liegestuhl keinen Beistelltisch und das Wasser keinen Limonenschnitz. Die Inbrunst, mit der er hoffte, sein Italienisch möge verstanden werden, blieb allerdings die gleiche. Wir saßen nebeneinander am Bootssteg, und er ließ seine Füße gegen meine baumeln. Diesmal zahlte ich; ich hatte ja Geld. Das Einreiben ließ er sich weiterhin nicht nehmen. Am dritten Tag fanden sich dann auch Geburtstagsgäste paarweise an der Strandbar ein. Giuseppe war nicht da. Das war auch besser so, ich musste ohnehin abreisen, mit Sonnenbrand, trotz wiederholten Einreibens. Zeitgleich mit meinem Aufbruch traf er ein. Ich war ein bisschen froh und er ein bisschen traurig. Wir umarmten uns mindestens dreimal. Wer denn das gewesen sei, fragten die Geburtstagspaare amüsiert. Ich sagte es ihnen: Das war Giuseppe.

Mein Freund, der Schriftsteller

Mein Freund, der Schriftsteller schenkte mir Worte, wie kein anderer sie je für mich übrig hatte. Worte des Trostes, der Zuneigung, der Lust. Worte wie gemalt, getupft, komponiert. Mal war es nur ein kurzer Gruß, dann wieder eine lange Geschichte, für mich, an mich. Er sandte sie mehrmals täglich in Schüben oder ließ sie zwischen längeren Pausen hereintröpfeln. Sein Wortstrom versiegte nie, ob ich ihm eine Antwort gab oder nicht. All die Jahre, die vielen Jahre, gingen sie ihm nicht aus, die Worte für mich, an mich. Dabei telefonierten wir lange schon nicht mehr, und auch gesehen haben wir uns nur alle paar Jahre und da auch niemals allein. Über die geschriebenen Worte sprachen wir bei diesen Gelegenheiten nie, ein ungeschriebenes Gesetz. Seinen vierzigsten Geburtstag feierte der Schriftsteller in einem kleinen Münchner Theater, er würde sich sehr freuen, mich zu sehen, stand in der handgeschriebenen Einladung. Seine Familie war von weit her angereist, eine Ehefrau gab es auch, das hatte ich nur ungefähr gewusst. Ich kannte manche seiner alten Freunde, wir waren ja vordergründig auch so etwas wie alte Freunde, er und ich. Es gab Reden und Essen und gedämpfte Musik, aber lustig wurde es erst, als Stella kam. Stella trug ein weißes Stretchkleid zu weißblondem Haar. Auf weißen Lackpumps stöckelte sie überrascht auf mich zu und freute sich, mich zu sehen. Wir kannten uns kaum, aber es gab eine Reihe Männer, die wir näher kannten, und über die sprachen wir, während die Männer, die ich auf der Party kannte, mich samt und sonders baten, ich möge ihnen doch diese Frau vorstellen. Woher ich ihn denn kenne, den Schriftsteller, fragte sie mich und ließ sich von früher erzählen. Als ich flüchtig unsere langjährige Korrespondenz erwähnte, fragte sie mit einer Unverhohlenheit nach der Natur dieser Korrespondenz, die mich aufhorchen ließ. Wir sahen einander prüfend an, und dann wussten wir es beide. Anderntags glichen wir die Wortgeschenke des Schriftstellers ab, nicht immer waren es die gleichen zur selben Zeit, die wir von ihm erhalten hatten, es gab Variationen und Maßgeschneidertes. Wir fragten uns, wie viele derart Beschenkte es wohl gebe, einigten uns schließlich aber doch darauf, uns für die Einzigen zu halten, die beiden Einzigen. Ich hatte ihn nie darauf angesprochen, ohnehin sprachen wir ja nie. Es ging mich auch nichts an, dass es andere, eine andere gab. Er war ein Schriftsteller, und seine Worte gingen alle an, auch wenn ich sie weiterhin für mich behielt.

Pilze

Mein Nachbar wollte mir zeigen, wie man Pilze schält; Champignons müsse man schälen, weil beim Waschen das Aroma verloren gehe. Das erklärte er mir eine halbe Stunde bevor meine Gäste kamen, dabei waren es sechzig Champignons, mindestens. Ich beschloss, sie weder zu waschen noch zu schälen. Er nahm es hin. Und was machen wir mit dem, fragte er mich und hielt einen vormals braunen, nun vollendet ins Cremebeige enthäuteten Pilz vor die Nase. Den isst du, sagte ich. Mein Nachbar ist ein bisschen verliebt in mich, eher situativ als persönlich allerdings. Seine Frau heiße Suse, das erzählte er mir zum ersten Mal. Ich hatte mich aber auch nie nach ihr erkundigt, auch nicht danach, wie sie aussieht. Sie hat was, sagte er. Also nicht gut, sagte ich. Sie habe lange Haare, die langsam grau würden, aber sie wolle sie nicht färben. Er fände sie gut, die Länge der Haare, das Grau hingegen weniger. Außerdem lasse sie sich gehen, seit neuestem erst, nach den Geburten der beiden Söhne hingegen sei sie jedes Mal schnell wieder in Form gekommen. Mein Nachbar sah seine Familie ohnehin eher selten. Er arbeitete viel, alles blieb an ihm hängen in der kleinen Firma, dabei hatte er zwei Partner. Beide verbrachten die meiste Zeit auf der faulen Haut, während er sich um alles und jeden mit nicht enden wollender Sorgfalt kümmerte. Auch mir hätte er auf der Stelle jeden Pilz einzeln geschält. Einen solchen Partner hätte ich auch gerne gehabt, im Geschäft. Als er aufbrach, bevor die ersten Gäste kamen, sagte ich: Verlass deine Frau und deine undankbaren Partner, sei weiter gut zu deinen Kindern und dreh ein bisschen durch. Auf dem Weg zum Aufzug lachte er kurz auf. Ich meinte es vollkommen ernst, sagte es aber auch, weil er so etwas von mir hören wollte, um den Abstand zu vermessen, zwischen sich und dem Mann, der er nicht wirklich sein, aber über den er Vermutungen anstellen wollte.

So eine

Silvester hatten wir in kleiner Runde gefeiert. Als Dritte oder Vierte drückte ich eine Freundin an mich und wünschte ihr alles Gute. In der Umarmung begriffen, flüsterte sie halblaut in mein Ohr, dass sie in einer Woche neue Titten bekäme. Nicht so viel, eine halbe Größe mehr. Sie freue sich schon sehr darauf. »Montag kommen die Fenster«, hieß mal ein Film. Am Siebten kommen die Titten. Früher dachte ich, was tun sich diese Frauen an, Schnitte, Wülste, Platzgefahr in Flugzeugen. Dann hat diese Saat der Gewalt Blüten der Selbstverständlichkeit getrieben, mit der Zeit. Natur ist längst keine Entschuldigung mehr für die Abwesenheit von Schönheit. Doch legt auch die Natur Hand an die Brüste. Herbsttitten nennt Stella, was sie und ich und nicht nur wir haben. In der zweiten Zyklushälfte wachsen die Brüste, mit den Jahren mehr und mehr. Das fühlt sich gut an, lebendig, kleine heiße Ströme kitzeln. Im Herbst nun werden sie während dieser Tage riesig, nachgerade unverschämt. Als schösse Milch ein, fasst man sich mit der Schamlosigkeit der Schwangeren stützend unter die weich-schwere Masse, die BHs und Blusen sprengt. Wenn der Körper sich schlussendlich von der potenziellen Schwangerschaft verabschiedet, lässt der Druck nach. Es ist wieder anders, aber auch anders, als es war, bevor alles angefangen hatte. Brüste leben und haben ihre Regeln, die wir bestaunen können, am eigenen Leib. Man mag sie sich so vorstellen, die »neuen Titten«, wie kurz vor dem Hormonsturz, ungewohnt, vielleicht auch erregend in der Fremdheit ihrer Spannung. Ein Gewaltakt, sicher. Aber was man sich aus freien Stücken antut, darf nicht reuen, das wissen wir. Und ich? Würde ich? Ja, dies oder etwas anderes würde ich, aber ich würde es niemandem ins Ohr flüstern. Ich würde mich kurz schämen, dass ich auch so eine bin, und dann die Fälschung der Identität übereignen.

Ziggy und Melba

I.

Männer habe ich immer gerne zum Anlass genommen. Meist für Veränderungen, die sie selbst nicht überstanden haben.

Bei einer Hochzeitsfeier im Chiemgau saß ich lange neben einem Architekten aus New York. Er war nett, und ich war achtzehn Jahre nicht mehr in New York gewesen. Meine Glücksstadt, ich hatte sie nicht dem Klischee opfern wollen, zu dem sie und ich, jede auf ihre Weise, geworden waren. Ich wollte unsere jeweiligen Veränderungen nicht abgleichen, wollte nicht sehen, wie alt wir geworden waren, ohne einander. Aber den Architekten wollte ich wiedersehen, und so warf ich die Bedenken über Bord und stieg in den Flieger. Der Mann versetzte mich gleich beim ersten Rendezvous. Egal. Längst war ich wieder im Glück der frühen Jahre. Erinnerung und Erleben griffen nach meinen Händen und zogen mich auf die Höhe des Stadtlebens.

Glück ist ein wogendes Gefühl. Es war warm in diesen Novembertagen, die Straßen glitzerten, das tun sie in New York, der Himmel leuchtet, überwölbt die Symmetrie der Avenues, die erlaufen sein wollen bis zu ihrem Ursprung im Village. Dort, so um die dritte Straße herum, an der Avenue A gab es immer noch das Odessa, ein ganz anderes Odessa als der Ort am Ende meiner hungrig getanzten Nächte. Aber immer noch mit fettiger Wurst und nunmehr mit einem Barkeeper, den ich haben wollte. Er hieß Ziggy, kam aus Neuseeland und aus dem Kellnern nicht heraus. Ich setzte mich an die Theke und wartete auf seinen Dienstschluss. Um vier wankten wir durch die Nacht. Er hatte Schaum vorm Mund vor lauter Drogen, manchmal schlug er mir fest auf den Po. Sehr fest. Hin und wieder setzten wir uns auf Sperrmüllteile am Straßenrand und lachten. Vor dem Chelsea Hotel verabredeten wir uns für den nächsten Abend. Glück war gar kein Ausdruck. Welcher Architekt?

II.

Ich saß in der Lobby des Chelsea Hotel mit einer türkisfarbenen Pappschachtel in der Hand. Kleine Duftkerzen lagen im Innern der Schachtel; »Love Yourself« stand in ihr Wachs graviert zu lesen. Es war mein Geschenk für Ziggys Freunde, die wir besuchen wollten. Der Halbindianer an der Rezeption saß hinter einer Glasscheibe. Die war Anfang der Achtziger noch nicht da gewesen. Er schon, die meisten Bilder in der Lobby und ein paar der aktuellen Bewohner auch. Der Modeschöpfer Alan zum Beispiel, ich sah ihn im Aufzug wieder und erkannte ihn trotz der vielen Kilos mehr und der vielen Haare weniger sofort. Er hatte mich einst mit Handschellen an sein Bettgestell gekettet. Da er mich nicht erkannte, ließ ich es gut sein. Ziggy kam nicht. Love yourself. Ich wartete eine geschlagene Stunde. Eine Nummer hatte ich nicht. Dann holte ich meinen Zimmerschlüssel ab. Ich bin John, sagte der Halbindianer, wie zum Trost. Oben sah ich fern und zündete eine Duftkerze an, Hyazinthe. Am folgenden Sonntag ging ich mit dem Architekten ins Kino. Er war nett und musste früh schlafen. Also Odessa.

Ziggys Ausrede war dünn, seine Freunde am Tresen nicht mein Fall, und die Thekennacht wollte und wollte nicht enden. Vor der Tür ließ er mich lange warten, während er mit seinem Boss abrechnete. Ich wartete an ein parkendes Auto gelehnt und ließ mich von späten Passanten auf die eine oder andere Weise belästigen. Peinlich gibt es nicht, in der Fremde schon gar nicht. Wir liefen wieder durch die Nacht. Er war groß und dünn, trug das gleiche olivgrüne T-Shirt wie beim ersten Mal, unter dem sich eine späte Akne verbarg. Seine Augen waren auch grün und die Frisur übertrieben toupiert, aber sein ganzer Stolz. Diesmal schlug er mich nirgendwohin, und ich wusste, er würde am nächsten Tag nicht wieder alles vergessen haben. Seine letzte Freundin sei psychisch gestört, sie verfolge ihn, daher misstraue er auch mir. So erzählte er. Dann lieber Schaum vorm Mund als ein Beziehungsgespräch. Es war doch meine letzte Nacht. Wie mit seiner Frisur war er auch mit seinem Alter eigen, das er nicht preisgeben wollte. Dafür sagte er mir, als wir aus dem ältesten coffeeshop von Chelsea auf die Dreiundzwanzigste Straße traten, seinen richtigen Namen in die Morgendämmerung, Andrew, statt Ziggy, wie Stardust. Vor dem Chelsea Hotel gingen wir für immer auseinander, am bereits helllichten Tag.

War's das, Melba? – Melba, nun ja, auch so ähnlich wie Stardust.

III.

Ich hielt den Jetlag, so lange es ging. Er verband mich mit dem Glück der planlosen Tage. Dem Wissen, Veränderung ist ein sich stetig schließender Kreis.

Als meine Tochter ein Jahr nach meinem Ausflug ihrerseits New York besuchte, schickte ich sie ins Odessa, Ziggy gucken. Sie mochte ihn und ließ sich von ihm etliche Drinks spendieren. Gemeinsam riefen sie mich an. Er sagte wieder abso-fuckin'-lutely, und sicher trug er wieder sein grünes T-Shirt, betrunken war er auf jeden Fall, wie gehabt. Ich solle mir keine Sorgen machen, sagte er mir am Telefon, er werde gut auf meine Tochter aufpassen.

Den Architekten sah ich in Köln wieder. Auf der Durchreise. Wir trafen uns in der Bar seines Hotels und nahmen ein paar Drinks. Er war inzwischen Vater geworden und wusste nicht, wie er das finden sollte. Er fragte mich, warum eine Frau wie ich keinen Freund habe. Das fragte er eigentlich jedes Mal. Dabei hatte ich nie gesagt, dass es keinen gebe. Vielleicht hätte ich ihm erklären können, dass das Beste an Männern die Geschichten sind, die sie auslösen. Zum Beispiel die von einem deutschen Architekten und einem neuseeländischen Barkeeper in New York, die gemeinsam die längste Beziehung meines Lebens beendet hatten, einen ernsthaften Versuch, obwohl sie beide nie mehr waren als eine Option. Glück nistet vor dem Fall, so hätte ich, ein wenig kryptisch, schließen können. Ich klickerte mit den Eiswürfeln in meinem Glas und blickte dem netten Architekten ins Gesicht. Ich fragte ihn, ob er die Wahrheit wissen wolle, und als er nickte, erzählte ich ihm alles Mögliche.

Danksagung

Die Montage dieses Buches wurde wesentlich von Bettina Böhler gestaltet.
Walter Hinck, Arno Widmann, Jutta Ditfurth, Rike Schmid, Hanns Zischler und Karin Graf haben ermutigt; Inga Berentzen, Paula Döring, Lis Miebach und Saskia van der Valk haben ermöglicht. Esther hat vertraut. Pola hat alles. Philipp ist geblieben.